모래비가 내리는 모래 서점
문보영 시집

문학동네시인선 197 문보영

모래비가 내리는 모래 서점

시인의 말

아직 잠들지 마
우리는 현실을 사냥해야 해

2023년 6월
문보영

사고실험하며 지내요

차례

1부

2부

1부

방한 나무

있잖아, 지금부터 내가 지어낼 세상에는 난방이라는 개념이 없어.

실내 온도를 좀 높일까요?

이런 말은 아무도 하지 않아. 대신 사람들은 방한 나무에 의지하지. 방한 나무는 스스로 엄청난 열을 내. 이 나무는 실내에서는 자랄 수 없고 길바닥에서 살아야 해. 실내에서 키우면 자살해버리거든. 온기가 필요한 인간은 나무 앞에 줄 서서 기다리지, 나무를 껴안으려고. 나무는 죽을 때까지 키가 크고 한자리에서 움직이지 않아. 사람들은 출근길에, 사랑하는 사람을 만나러 가는 길에, 공항에 가는 길에, 퇴근길에, 이별하러 가는 길에 나무를 껴안아, 따뜻해지려고. 죽으러 가던 사람도 차에서 내려 방한 나무를 껴안아, 죽을 힘을 내려고. 나무는 추운 인간을 멈추게 해. 그래서 이 나라에서 포옹ighlek과 멈추다ighlek*는 같은 단어야. 너무 추운 날에는 인간들이 죄다 나무에 들러붙어 아무것도 안 해. 나무에 들러붙어서 무슨 생각을 할까? 미납 공과금, 덜 마른 빨래, 저녁거리, 타이어 공기압, 빚 갚을 능력, 막힌 변기를 떠올려. 그리고 이런 생각도 해. *우주의 시간으로 보면 나는 존재했던 시간보다 존재하지 않았던 시간이 더 길었으니 내가 없을 때 더 나다운 게 아닐까?* 먼지 같은 생각들. 그동안 열은 고온의 물체에서 저온의 물체로 전달되고 사람은 온기를 느낀다.

인간을 껴안고 있을 때 방한 나무가 하는 상상:

지구가 갑자기 자전을 멈추면
존재들은
허공을 향해 쏟아진다
비가 내리고 있다

* 옴니크어, 옮긴이.

위험한 공

눈을 뜨니 하나의 커다란 공 위에 서 있었다

휘청거린다

양팔을 벌려 균형을 잡는다 쭉 펴지는 않고

보이지 않는 인간을 상상한다 상상되어진 인간의 어깨에
두 손을 얹는다 그러면 등과 무릎을 굽히게 되고 엉덩이는
뒤로 빠지며 나의 키는 약간 줄어드는 것인데

이로써 사람 뒤에 숨은 사람의 자세가 된다

하나의 낯선 공 위에서 홀로 균형을 잡는 방법이다

상상되어진 사람이 내 무게를 견디려면
그 또한 어딘가에 두 발을 딛고 있어야 하기에
나는 상상되어진 사람에게도 하나의 커다랗고 낯선 공을
만들어준다

공이 우리를 의아해해도
어쩔 수 없다

금방이라도 터져버릴 것만 같은

소포를 부치러 우체국에 갔다가 한 노인을 봤다. 그가 창구에 내민 봉투는 도톰하고 겉은 오돌토돌했다. *안에 든 게 뭔가요?* 창구 직원이 물었다. *씨앗이요.* 알을 밴 물고기의 배처럼 봉투는 울퉁불퉁했다. *씨앗은 보낼 수 없어요.* 창구 직원의 대답에 노인은 시무룩하다. *꼭 보내야 하는데 안 됩니까?* 봉투는 금방이라도 터져버릴 듯하다. 그가 원하는 것은 봉투가 찢어져서 계획하지 않은 곳에 씨앗이 마구 쏟아지는 것이다. 씨앗이 민들레 홀씨처럼 날아가버리는 것이다. 노인은 씨앗을 어딘가에 심고 싶었는데 어디에 심을지 결정할 수 없었다. 그래서 아무데서나 터져버리기를 바랐다. 나는 번호표를 내밀고 친구에게 보낼 소포를 저울에 올린다. *안에 든 게 뭐예요?* 창구 직원은 묻는다. 그걸 내가 어떻게 안단 말인가. 게다가 그런 질문은 왜 하는 걸까. 어차피 거짓말해도 되는 거라면.

적응을 이해하다

사람은 눈을 깜빡이는 데 평균 0.4초 걸린다. *너무 빠른 거 아니야?* 올리비아는 인간이 조금 더 느리게 살 필요가 있다고 생각한다. 느린 삶에는 화장실에 더 오래 머물기, 운동 안 하기, 천천히 눈감았다 뜨기 등이 포함된다. 올리비아는 대화 도중 상대방이 눈을 깜빡일 때면 0.4초 간격으로 죽었다가 살아 돌아온다고 느꼈다. 또는 다른 사람으로 변신한다고. 그렇다면 인간은 하루에 1만 5000번 변신하는 셈이다. 이는 내가 절대로 나 자신에게 적응할 수 없는 이유이기도 하다. 올리비아는 눈을 덜 깜빡이되 눈을 감고 있는 시간은 길어져야 한다고 믿는다. 그가 구상중인 세계의 인간들은 한 번 눈을 깜빡일 때 3초 정도 걸린다. *나는 우리가 조금 더 오래 눈을 감고 있을 필요가 있다고 믿어요. 나는 그게 인간의 건강에 더 좋을 거라고 생각해요.* 그가 지어낸 세계에서 인간은 나이를 먹을수록 눈을 깜빡이는 속도가 현저히 느려진다. 가령 80세 노인은 눈을 깜빡일 때 10초 걸린다. 두 노인이 대화를 나누며 번갈아 10초씩 눈을 감는 바람에 장기나 체스 한 판을 끝내는 데 오래 걸린다.

사람들은 눈을 너무 오래 감고 있는 나이든 사람을 가리켜 이렇게 말한다.

"저 사람은 적응하고 있다."

라고.

방음 구슬에 사는

올리비아의 딸은 물었다.
"엄마, 할아버지는 왜 저렇게 눈을 오래 감았다 떠?"
"할아버지는 적응중이셔."
"어디에?"

올리비아가 생각하는
이상적인 인간은 다른 사람들보다 조금 더 지쳐 있는 존
재다.

재인식

　나는 거리에서 새 가르마를 타고 있었다. 긴 술이 달린 모자를 쓴 여자가 다가와 오래전부터 나를 지켜보았다고 고백했다.

　「새 가르마보다 이전 가르마가 더 좋아요.」

　그녀는 모자에 달린 술을 손가락으로 튕기며 말했다. 난 거울이 없기에 그녀의 말을 믿을 수밖에 없었고 딱히 이전 가르마가 싫은 것도 아니었다. 할일도 없고 사람을 기다리느라 시간이 잘 가지 않아 가르마나 타보았을 뿐이다.

　「괜찮다면 내가 도와줄까요?」

　그녀가 물었다.

　「난 도움은 필요하지 않은데요.」

　그녀는 대답이 끝나기도 전에 내 머리를 마구 헝클이기 시작했다. 나는 낯선 사람이 내 머리를 아무렇게 변형시키는 것을 놔두었고 즐겼고 나아가 경멸했다. 그녀는 내 머리카락을 하늘을 향해 쭉 잡아당긴 뒤 스르르 떨어뜨렸다. 머리카락 스스로 어떤 가르마를 보여주는지 관찰하려는 듯.

「내 머리에서 뭐라도 보이오? 거기 무슨 미래라도 있소?」

그녀는 내 어깨에 손을 올렸다.

「이전의 당신으로 돌아왔군요. 나 기억나요?」

「그럴 리가. 나는 이제 내가 누군지도 모르겠어.」

「그래서 싫은가요?」

「나쁘진 않은 것 같군.」

「엎치락뒤치락할 겁니다.」

변화는 순식간에 진행된다. 따라잡으려 해도 너무 빨리 가버리는 사람이 있어 길가의 나무도 그를 따라갈 수 없다.

소망

아빠와 나룻배를 타고 어디론가 가고 있었다. 우리 뒤로는 다른 무리가 노를 젓고 있었다. 강은 기역자로 꺾여 있었고 악어가 산다고 했다. 그런데 우리로부터 떨어져나간 무리가(혹은 우리가 무리에서 떨어져나간 것이거나) 악어가 사는 쪽으로 노를 젓기 시작했다. 아빠와 나는 그들을 향해 돌아오라고 소리쳤다. 무리는 기분이 좋아 보였다. 그들의 세계에서는 악어가 소망을 의미했기 때문이다. 우리는 그건 미신인데다 비유일 뿐이기에 진짜 악어 앞에서는 무력하며, 만에 하나 악어가 행운을 가져다준다 해도 그건 거리를 유지한 채 강기슭 따위에서 악어를 바라볼 때나 가능한 일이라고 말했다. 게다가 악어가 진정 소망을 뜻할지라도 너무 가까이 다가가면 소망에게 잡아먹히거나 물어뜯길 거라고, 아빠는 소리쳤다. 나는 무리가 위험에 처할까 몹시 걱정되었는데 그들은 걱정과 달리 사기를 드높이며 악어가 사는 곳으로 노를 저었다. 물살은 넘실거리고, 무리는 점점 멀어지고, 아빠와 나는 외로이 둘만 남았다. 아빠는 앞을 보며, 더이상 뒤돌아보지 말자고, 우리가 할 수 있는 것은 다 했다며 노를 힘껏 저었다. *악어가 소망이라니, 멍청한 자식들⋯⋯* 아빠는 중얼거렸다. 우리가 타고 있는 배는 좀 특이해서 바닥에 다리를 끼울 수 있는 구멍이 네 개 뚫려 있었다. 그래서 구멍에 아빠 다리 두 개, 내 다리 두 개를 끼워넣고, 다리를 흔들거리며 앞으로 나아갔다. 배가 바지인 것처럼. 실제로 이 마을에서는 배를 탄다는 표현보다 배를 입는

다는 표현을 즐겨 사용한다. 우리는 물살에 두 다리를 맡기
고 나아갔다. 가끔은 노를 놓아 두 손을 자유롭게 하고, 강
물에 잠긴 두 다리를 휘젓기도 했다. 그런다고 배가 앞으로
가는 것은 아니었지만 말이다. 그때 무언가 내 다리를 부드
럽게 스치고 갔다. 그것은 부드럽지만 견고했다. *악어가 우
리에게도 나타났어요!* 나는 조그만 목소리로 아빠에게 알
렸다. 그러자 아빠는 미소 지었다. *나에게도 나타났단다.* 마
침 우리는 우리를 떠난 무리가 저들끼리 소망을 이룰까 불
안한 참이었다.

손실

물이

무릎까지 솟아올랐다

꺼진다

분수를 바라보고 있는 사람이 나뿐이어서

내가 분수를 보지 않으면

분수는 낭비된다

물속에 희미한 빛이 있다

네가 낭비되지 않도록 너를 가만히 바라본다

떠나며 뒤돌아본다

수압이 강하여 부상의 우려가 있으니 접촉하지 마세요

분수에서 나오는 물을 마시지 않도록 주의하세요

이런 말은

작별인사나

안부 인사로 어떤가

우거진 길을 걸어나가

호두나무를 지나가

나무가 굽이쳐

썩게 놔두기로 한다

지나간 곳을 다시 지나가는 것은

일종의 복습이다

분수가 더이상 나를 보고 있지 않으므로

나도 얼마간 낭비되고 있다

거주자

위층 남자가 롤빵과 우유를 주고 갔다
아기가 새벽에 시끄럽게 울지도 모른다며
하루는 아기가 두 시간 넘게 울음을 그치지 않아서
혼자 있는 게 아닌가
걱정스럽기도 했다
다음날엔 나무 자동차 바퀴 소리가 들려서
아이가 둘이라는 사실을 알게 되었다
며칠 뒤 위층 남자가 수염 난 자식을 데리고 내려와
정중히 사과했다
"제가 좀 많이 웁니다."
둘 중 하나가 말했다
나는 가끔 헷갈릴 수 없는 것들이 헷갈린다
그 헷갈림이라는 길을 통해
이 시를 쓰고 있는지도 모른다
그들은 울 때
유리로 된 방음 구슬에 함께 들어간다고 했다
그러니 더이상
걱정할 필요가 없다고
나는 집으로 들어와 나의 아기에게 말했다
언젠가 우리에게도 방음 구슬이
필요할 거라고
하지만 지금은 아니고
한 이십 년쯤 뒤에 혹은

사십 년 뒤에

혹은 그보다 먼 미래나 과거에······

나의 아기는 하루에 열여섯 시간씩 잔다

자면서 고개를 끄덕인다

—올리비아 페레이라*,「하늘」전문

〔올리비아 페레이라〕 1876~1935. 브라질 작가 올리비아
페레이라는 평생 자면서 글을 썼다. 그는 제목을 보고 본문
을 떠올릴 수 있는 시는 실패한 시라고 믿었다. 그래서 그의
시를 읽고 제목을 떠올리거나 제목만 보고 본문을 기억해내
기란 쉽지 않다. 그는 제목과 본문의 일치는 불가능하다고
생각했으므로 제목과 본문이 분리된 시집을 출간했다. 차례
는 본문과 무관한 순서였기에 독자들은 사랑의 작대기를 그
으며 작품의 제목을 맞추었는데 그가 바란 건 그런 게 아니
었다. 그렇다고 시가 방음 구슬이 되기를 소망한 것도 아니
었다. 그는 자신이 원하는 것이 무엇인지 늘 헷갈렸으며 그
헷갈림으로 시를 썼다. 대표작으로『포크』(1899),『작품 구
상 시』(1913),『기는 사람』(1927),『비는 사람』(1928) 등이
있는데 올리비아의 시집을 번역한 문보영에 따르면 그 시집
들의 제목은 그 시집들의 제목이 아닐지도 모른다.

* 가상의 인물, 옮긴이.

천국에서는 누가 깨워주지 않기 때문에 스스로 일어 나야 한다

천사는 미술 시간에 인간을 그린다

인간의 정면과 후면을 그렸으니 측면으로 넘어간다

사람의 측면은 아름답다 기준선을 이탈해가며 사람의 측면을 완성한다

신은 천사가 그린 사람의 측면이 틀렸다 한다

미래는 현기증이다

천국에서 화재경보기는 화요일마다 울린다

생각보다 인간은 기울어 있거든요 가슴은 앞으로 내밀고 있고 엉덩이는 뒤로 빠져 있죠? 그리고 중심선을 기준으로 종아리는 뒤쪽에 위치해요 그래서 다 그리고 나면 내가 그린 인간이 앞으로 넘어질 것 같아 걱정이 됩니다

스키장 리프트를 타던 도중 기계가 작동을 멈추었다
천사는 날개를 쓰지 않고 기다렸다
날개 쓰지 않음이
그를 천사로 만들었다

전혀 똑바로 서 있지 않다니까요? 처음부터 쏟아질 것처럼 생겨먹었어요

천사가 그린 사람   신이 그린 사람

어둠 속에서 뭔가를 발견하고는 흠칫 놀라 뒤로 물러나는 모습

천사는 소량으로 존재한다

다시 그려보세요

천사는 한 인간을 안다
그는 어떤 일이든 신의 뜻이라 여기고 받아들인다 그저
신에게 맡기면 된다고
그런데 다른 인간보다 더 괴롭고 분주하다
왜일까 삶이 우리의 아기라면 그는
베이비시터라는 이름의 신을 고용한 건데 아기를
열 명 낳아서 시터 하나로는 커버가 안 되는 거다

천사는 자신이 쏟아지지 않는 게 의아하다

사람을 버리러 가는 수영장

어느 날, 애인과 선베드가 있는 야외 수영장에 갔다. 애인과 나는 모서리에 걸터앉아 두 다리를 물에 적셨다. 입수하려 하자 안전요원이 호루라기를 불었다. 우리는 다리를 물에서 빼낸 뒤 준비운동을 하고 수영장 모서리에 있는 철제 사다리로 향했다. 이번에는 안전요원이 구명 의자에서 내려오더니 다다다닥 달려왔다. "들어가시면 안 됩니다!" 그는 주황색 반바지를 입고 있었고 선글라스를 쓰고 있어 사람을 보면서 사람을 보지 않는 듯한 인상을 주었다. "청소 시간인가요?" 애인이 물었다. 안전요원은 알 수 없는 표정을 짓더니 희미하게 한숨을 내쉬었다. 그제야 우리는 이 수영장에서 수영하는 사람이 한 명도 없다는 사실을 깨달았다. 사람들은 모두 수영복을 입고 있었고, 몸을 닦거나 덮을 커다란 샤워 타월도 갖고 있었다. 다만 아무도 물속으로 들어가지 않았다. 그들은 그저 물을 구경하고 있었다. "내 생각에 이곳은 물을 구경하는 곳 같아." 애인이 말했다. "그게 무슨 소리야?" "저길 봐……" 애인은 수영장 바닥에 보석이라도 떨어져 있는 것처럼 물속에서 일렁이는 푸른 시멘트 바닥을 바라보고 있었다. "아무것도 없는데?" 애인은 내 말을 듣고 있지 않았다. 그때 나는 알았다. 뭔가 변해버렸다는 것을. 그렇게 한 시간이 지났다. 나는 피로했다. 애인과 함께 우리의 것도 아닌 바닥을 하염없이 바라보는 일에. 그러나 그의 눈에 보이는 것이 나에게 보이지 않는다는 사실에 내가 사과해야 할까? "이제, 갈까?" 나는 물었다. "먼저 가." 애인은 수영장 바닥에 시선을 고정한 채 대답했다. "뭐가 보인다는 거야? 그저 평범한 물인데." 애인은 정강이를 끌어안은 채 고개를 조금 숙였다. "물속을 계속 보고 있으면, 땅이 나와. 땅이 나오고…… 땅이 나오고…… 땅이 나와…… 그 땅이 나를 내버려둬. 상처받을 정도로 가만히." 내가 이런 사람을 사랑했던가? 애인은 좋은 사람이다. 별거 아닌 이유로 싸우고 엘리베이터 앞에 서 있을 때 복도 조명이 꺼지면 나는 없는 사람처럼 가만히 있는 반면 애인은 손짓을 해 불을 켠다. 한마디로 그는 좋은 사람이다. 하지만 좋은 사람도 가끔은…… 나는 애인의 바닥이 끝날 때까지 기다렸다. 밤이 되자 우리는 말없이 수영장을 나섰다. 그러나 나는 뭔가 돌이킬 수 없게 되었다는 사실을 알았다. 그날 이후 애인은 걷는 걸 고통스러워했고 걸음걸이가 조금 달라졌는데 그건 그가 물고기인데 사람인 척하고 있기 때문이었다. 그는 그 사실을 너무 오래 참았던 것이다.

모두가 사슴뿔 모자를 쓰고 있는데

내가 뭐라 뭐라 말했고 애인이 내게 사과 한 알을 쥐여주었다

살아남으려면 반드시 거쳐야 하는 과정으로서의 사과 한 알이 나에게로 왔다

그건 내가 아는 사랑의 형태였고 나는 그가 내게 준 것에 관한 긴 이야기를 들려준다

폭우가 쏟아졌고 식당에서 나가지 못하는 시간이 길어졌네 나는 예전에 알고 지내던 사슴 두 마리를 소환한다 꽃사슴과 꽃사슴이 서로의 뿔을 들이받으며 싸우는 거야 예전부터 궁금했다 뿔로 몸을 찌르면 한 번에 끝날 텐데 왜 뿔로 뿔을 들이받으며 힘겨루기를 하는 걸까? 사실은 죽이고 싶지 않아서야 그런데 사실은 죽이잖아 뿔이 엉켜 하나가 죽어버렸잖아 꽃사슴의 뿔은 죽은 꽃사슴의 뿔과 엉켜버렸기에 어디 갈 수도 없다 땅만 바라보는 시간이 지나고 시체가 부드러워져 시체의 얼굴이 몸과 분리된다 꽃사슴은 죽은 꽃사슴의 머리를 모자 장식처럼 달고 살아간다 누군가 사슴을 도와줄 수도 있지만 봄이 오면 뿔이 새로 나기에 없던 일이 되고 없던 일이 되기 전까지 꽃사슴은 언 강의 한복판에서 깨어난 기분으로 슬픔을 누린다

그가 이야기를 연민할 때 나는 그의 연민이
나의 작품이라는 것을 안다

누군가 나를 연민할 때 나는

내가 근사한 마법을 부렸다는 생각에 빠지곤 하는데

이로써 나는 상대보다 한 발짝 늦게 사랑에 빠지고 상대
가 사랑에 빠지는 순간을 목격할 수 있으며

그제야 나는 그를 연민할 수 있게 되고 나 역시 진정으로
사랑에 빠지게 된다

이야기를 극복하는 것보다 극복하지 않는 것이 추위를 견
디는 데 도움이 되며 입구 없는 식당 바깥의 어둠은 굽이치
는 치맛자락이 되어 수상하게 지나간다

2부

나는 나에게 간직된다

아인슈타인은
거울을 들고 광속으로 달리면
얼굴에서 출발한 빛이
거울에 닿지 못해서
자신의 얼굴이 거울에서 사라질까봐 걱정했다

그는 이 문제 때문에 마음의 병을 앓았다
그는 이 문제 때문에 자신이 키우던 개 이름도 잊었다
그는 이 문제 때문에 까마귀로 가득한 악몽을 꿨다
그는 이 문제 때문에 겨울에 눈사람을 만들고 부순다
그는 이 문제 때문에 더이상 신문을 읽지 않는다
그는 이 문제 때문에 샤워할 때 비누를 쓰지 않는다
그는 이 문제 때문에 자기 자신을 사랑한다

거울 속 내 얼굴을 볼 때

나는 여기 없고 거울 속으로
대피한 내가 있을 뿐이다

10만 개의 느낌

　이런 상상을 해봤어. 지구상에 존재하는 단 한 명의 고통자에 관한 이야기지. 고통자? 응. 그 사람을 특별하게 만드는 건 오직 그 사람만이 느낄 수 있는 고통이야. 그런 게 가능해? 응. 고통자는 머리카락에 감각세포가 있어서 자를 때 통증을 느끼거든. 내가 알기로 인간의 머리카락은 평균 10만 개거든? 그러니까 고통자는 10만 개의 감각을 추가로 느끼는 거야. 그럼 머리카락이 빠질 때도 아파? 바보냐? 자연 탈락인데 왜 아파. 낙엽이 떨어질 때 나무가 비명을 지르지 않는 것과도 같아. 근데 나무도 낙엽이 떨어질 때 운대. 야, 그런 걸 뭐라고 부르는지 아냐? 뭐? 유아론. 머리카락 고통자는 이발을 할 때마다 마취를 해야 해. 아니면 통증을 생으로 견디거나. 그래서 차라리 머리카락을 길게 기르지. 머리카락은 치맛자락이 되어 바닥을 쓸고 다녀. 그럼 머리카락을 다 잃으면 기쁠까? 글쎄. 그런데 왠지 슬퍼할 것 같아. 왜. 머리카락이 모두 빠지면 10만 개의 느낌을 잃었다고 생각하지 않을까? 이젠 네가 이야기를 지어내니? 미안. 그런데 넌 왜 고통받는 머리카락 인간을 상상하는 거야? 그리고 내 머리카락은 왜 이렇게 튕기고? 그야, 난 네가 늘 뭔가를 숨긴 채 홀로 느끼고 있다는 인상을 받거든.

화장실의 신

화장실에서 소변을 보는데
옆 칸에서 목소리가 들렸다
"혹시 거기 휴지 있어요?"
그 사람의
오줌 줄기도 안 끊겼고
내 오줌도……
적어도 내가 볼일을 다 볼 때까지
기다릴 수 있지 않았나?
고요한 화장실에서
두 줄기의 오줌 소리가 울려퍼진다
"휴지는 없는데 너구리는 있어요."
"그럼 그 너구리, 잠깐 빌릴 수 있을까요?"
"위쪽으로 건네드릴게요. 안고 계시면 도움이 될 거예요."
"고마워요."
"네."
"저기요."
"왜요?"
"이걸로는 부족한 거 같아요."
"만족을 모르시네요."
"너구리는 환풍기 구멍으로 도망가버렸어요."
"잘됐네요. 그 너구리는……"
"뭐요."

"화장실의 신이니까요."

"그래요?"

"네."

"어떤 능력이 있는데요?"

"화장실의 휴지를 모조리 훔쳐서 들판에 버려요."

"왜 그런 짓을 하죠?"

"그는 햇빛과 공간을 먹는 자니까. 우리는 그에게 잘 보여야 해요."

모래비가 내리는 모래 서점

커다란 푸른 문을 밀어
입장한다
천장의 나무판자 사이로
모래가 떨어지는 이곳은
모래비가 내리는 모래 서점

앙뚜안   서점인데 책이 없는데?
지말   모래가 책이야.
스트라인스   시인도 그런 말은 안 해.
앙뚜안   바닥을 봐.
스트라인스   책이 왜 바닥에 있지?
지말   (모래에 파묻힌 책을 발끝으로 툭툭 친다)
            잘 어울려.

발끝으로 모래를 파헤치면 오래된 나무 바닥이 보이고 낡은 책의 얼굴이 나타난다 모래를 털어 책을 줍는 사이 어깨와 머리카락에 모래비가 내려앉는다

앙뚜안　　　너네 갑자기 좀 늙어 보인다.
지말　　　　책 때문에 그래.
스트라인스　모래 때문이야.
지말　　　　(바닥에서 모자를 줍는 사람들을 가리킨다) 저 사람들 좀 봐.

셋은 내리는 모래비에 손차양을 하며 걷지만 계속 걷다보면 그마저도 안 하게 된다 모래와 너무 오래 산 존재는 얼마간 흐릿해지며 나중에는 흐릿해지기 위해 모래비를 맞는다 서점의 구석에는 모래에 파묻혀 얼굴만 내놓은 존재도 있다

모래인간　　어이! 젊은이들. (방황하는 삼총사를 불러 세운다)
앙뚜안　　　괜찮으세요? 저희가 꺼내드릴까요?
모래인간　　괜찮네. 일부러 그러는 것이니.
지말　　　　그러다가 아주 파묻힐 것 같아요……

모래인간	(밀짚모자의 테두리에서 모래가 떨어진다) 다 나가는 방법이 있네.
지말	그런데 여기서 뭐하세요?
모래인간	지나가는 중이네.
앙뚜안	가만히 계신데.
스트라인스	우리는 앙뚜안의 시집을 찾고 있어요.
모래인간	앙뚜안이 뭔가?
스트라인스	시인이요.
모래인간	시인이 뭔가?
스트라인스	바보요.
모래인간	제목은?
스트라인스	(앙뚜안을 보며) 생각해보니 제목을 모르네.
지말	(앙뚜안을 보며) 너 자신도 모르는구나.
모래인간	어차피 제목을 안다고 찾을 수 있는 건 아니네. 보다시피 모래 서점의 책은 모래에 쓸려 제목이 지워지니까. 바로 그러기 위해 책들은 이곳으로 보내지는 것이지. 아! 방금 발에 책 하나가 닿았는데……
스트라인스	(회심의 미소를 지으며 지팡이 끝으로 앙뚜안의 옆구리를 툭툭 친다)
모래인간	지나가버렸네.
지말	물고기처럼.

안내판

<u>모래 서점을 즐기는 첫번째 방법</u>

책을 읽을 때는 가급적 모자를 착용하여
얼굴을 그늘지게 하세요

<u>모래 서점을 즐기는 두번째 방법</u>

가만히 있으면 모래에 파묻힐 수 있으니
주기적으로 움직이거나
뛰거나 걸어주세요
깔깔 웃거나 우는 것도 한 방법입니다

<u>모래 서점을 즐기는 세번째 방법</u>

모래 가루가 많이 날리지 않도록
날아다니는 행동은 삼가주세요

—   책은 펼치면 바스락거린다 낙엽처럼 말라버린 종이
  모래가 힘없이 흘러내린다 털어낸다 책을 뒤집어 탁탁
털다

모래인간 실은 나도 시인이네. 「모랫빛」이라는 시를
          쓰고 있다네. 아끼는 시인데 한번 들어보
          지 않겠나?
스트라인스 그냥 가자.
앙뚜안 무슨 시인데요.
모래인간 (노인의 적막한 주름에 낀 모래가 반짝인
          다) 죽은 아내를 생각하며 쓴 시라네.
지말 듣고 싶어요.

  모래인간은 낭독하고 셋은 손차양을 한 채 모래와 함께
듣는다

모랫빛

창틀에 쌓인 먼지와 뿌연 창문을
통과한 빛이 만나 반짝인다
빛의 부식을 보았는가
빛은 늙어가고 녹이 슬고 썩어문드러지고 있다
빛은 모래의 영혼을 지녔다

—

모래 알갱이가 빛을 업고 있다
작은 사람을 업은 더 작은 사람이라네
나는 여기에 있네
너무 오래 가만히 있네
끌려가지 않으려 애쓰고 있네……

셋   (박수를 친다. 낭독을 듣는 동안 어깨에
             쌓인 모래를 털어낸다)

끌려가지 않으려 노력하고 있다는 노인의 말이 지말의 머릿속을 맴돌았다 스트라인스는 노인이 미쳤다고 생각했고 앙뚜안은 별생각이 없다 바람이 창을 때린다 모래가 풀썩이다가 이내 잠잠해진다 모래바람이 삶의 남겨진 부분을 강타한다

*

그들은 자신이 얼마나 오래 모래 서점에 머물렀는지 알 수 없다 한 시간이었을까 하루였을까 열흘? 일 년? 아님 반생? 그들은 내가 생각하는 것보다 더 오래 모래 서점에 머물렀고 모래에 파묻히지 않으며 모래와 사는 방법을 익혔다 *이제 밖으로 나갈까?* 셋 중 하나가 말한다 *이제 모래비는 그만 맞고 싶다* 그들 중 누군가 빈다 그러나 밖으로 나가는 방

— 법은 너무 쉬워서 그들은 다른 방법을 생각한다 그 자리에
서서 가만히 모래비를 맞는다 모래비를 맞는 것도 밖으로
나가는 한 방법이다

—

새로운 호흡법

　왼쪽 콧구멍에 닭 다리가 삐죽 나와 있는데 다른 사람에게
도 보인다는 게 문제다 언젠가 한번 짚고 넘어갈 문제이긴
했다 나의 왼쪽 콧구멍은 확실히 막힌 느낌이다 어느 날 밤
나는 닭 다리를 잡아당겨보았다 그것은 끈적한 콧물에 감싸
인 채 쑥 빠져나왔다 이토록 쉬울 줄 알았더라면 이렇게까
지 참지 않았을 것이다 내 안의 어둠이 물살처럼 빠져나간
다 나는 이제 무게가 조금 덜 나갈지도 모른다 어제와 오늘
은 수상하리만치 비슷하다 코에서 빼낸 닭 다리를 본다 이
제 나는 숨을 다르게 쉬어야 하는데 그건 분명 재미있는 일
이거나 곤란한 일일 것이다

친구의 탄생

밤은 일정한 주거지가 없다
썩어가는 사과 냄새
출입할 수 없는 옥상의 집필실
방의 주인도 들어갈 수 없다
오래된 은색 자물쇠가 문을 지키고 있다
툭 불거진
도톰한 자물쇠
너무 오래되어 문고리와 거의
한몸이 되었다
문은 부드럽고 자물쇠는 딱딱하다
그걸 문의 굳은살이라고
부르기로 한다
올리비아는 빈 공간에 어둠을 처박아두었다*
밤은 자연의 정기를 받아 태어났으며 우리보다 오래 살
았다
빈 공간이 말한다
"잠시만,
요괴 데리고 나갈게."
거기에 함정이 있는 것이다

* 상처는 온전한 시간 낭비를 원한다, 옮긴이.

캐셔

계산을 하고 집에 가려는데 음식값이 도합 일억 삼천만원
이라는 것이다. "네?" 체구가 작고 머리가 곱슬한 캐셔가 계
산서를 내 쪽으로 건네며 말했다. "토마토 오믈렛이랑 오렌
지주스 주문하신 거 맞으시죠?" "맞아요." "일억 삼천만원
맞습니다." 나는 어깨를 으쓱했다. 캐셔는 두 손을 공손히
포개고, 혹시 식당이 처음이냐고 물었다. 마치 예민한 주제
인 것처럼 목소리를 낮추며. 식당에 처음 와보냐니. 그럼 내
가 평생 집구석에서만 밥을 먹었단 말인가. 그런데 집이 아
닌 곳에서 식사를 한 기억이 떠오르지 않는 것이다. 캐셔는
내 두 눈을 지그시 쳐다보았다. 손님들은 냅킨으로 입을 닦
으며, 그리고 포크로 스파게티를 돌돌 말며 힐끔거렸다. 나
는 일단 외국인이라고 말했다. "아, 그러시군요!" 캐셔는 더
깍듯해져서는 카운터의 작은 모니터를 내 쪽으로 돌려 "이
테이블은 이천백칠십만원, 이 테이블은 칠억 사천만원, 이
테이블은 팔백삼십이만원이에요"라고 말했다. 나는 계산대
구석에 놓인 메뉴판을 펼쳐 내가 주문한 음식과 가격을 손
가락으로 짚었다. "토마토 오믈렛은 만이천원, 오렌지주스
는 삼천원이네요." 캐셔는 어린아이를 보듯 나를 쳐다보았
다. 그런데 나는 왠지 그런 취급이 싫지 않았고 심지어 보
호받는 기분까지 들었다. "네, 맞아요. 다만, 손님. 그런 계
산은 과거의 유산과 같아서 지금은 아무도 그렇게 계산하지
않는답니다. 손님은 토마토 오믈렛과 오렌지주스를 주문하
셨어요. 그런데 그 대신 바질 스파게티를 주문할 수도 있었

죠. 아니면 크림 리소토나 루콜라 피자를 주문할 수도 있었고요." 캐셔는 메뉴판 속 먹음직스러운 음식 사진을 하나씩 짚었다. "게다가," 캐셔가 말을 이었다. "다른 식당에서 식사를 할 수도 있었겠죠. 그곳에서 아보카도 샌드위치나 옥수수 수프를 주문할 수도 있었어요. 그것들은 우리 식당에서 팔지 않는 음식이죠. 경우의 수는 늘어나는 나뭇가지처럼 무수해요. 수백억, 수천억 개의 별이 모여 은하가 되는 것처럼요. 그리고 그런 은하가 우주 어딘가에 또 있는 것처럼요. 그렇게 가능성은 흘러가는 강의 모양이 되지요. 식당은 당신이 가지 않은 길을 음식값에 반영해요." "와우! 말씀 잘 들었습니다. 그럼, 전 이만 나가보겠어요." 나는 나무 손잡이를 당겼다. 그때, 캐셔가 내 뒤통수에 대고 나지막이 외쳤다. "당신이 가지 않았지만 그 사람들은 음식을 만들고 있거든." 그러더니 갑자기 머리를 박고 흐느끼는 것이다. "젠장. 나는 우는 사람이 싫어." 나는 뭐라도 해야 할 것 같아서 캐셔에게 다가갔다. 그때, 식사를 마친 한 부부가 카운터로 오더니 나를 흘끗 보고는 카드를 내밀었다. 캐셔는 앞치마로 눈물을 훔치며 검은 모자를 쓴 여인이 내민 카드를 받았다. "삼억 사천이백구십만원입니다." 캐셔는 작은 목소리로, 하지만 나에게도 들리게 말했다. 그리고 여인의 일행인 나비넥타이를 한 신사는 요즘에도 저런 놈이 있냐는 듯 나를 쳐다보았다. 그때 검은 모자의 여인이 말했다. "당신이 방문하지 않은 그곳을 미래라고 해야 할지 과거라

고 해야 할지, 밝지 않고 지나친 현재라고 해야 할지 모르
겠지만, 그곳에서 사람들은 당신이 주문할 수도 있었을 음
식을 차리고 당신을 기다리고 있어요. 세상은 노동에 걸맞
은 대가를 지불합니다. 우리는 우리가 가지 않은 길에 대해
서도 책임을 져야 해요. 그것이 우리 시대의 윤리랍니다. 젊
은 친구." 검은 모자의 여인이 내 어깨를 툭툭 쳤다. "그럼,
저들은 자신이 무얼 부담해야 하는지 알면서 음식을 처먹고
있는 거요?" 나는 한쪽 팔꿈치를 카운터에 걸치고 테이블
의 손님들을 턱끝으로 가리켰다. "이분 것도 계산해줘요."
검은 모자의 여인은 고개를 저으며 캐셔에게 카드를 건넸
다. 그 바람에 나는 한순간에 보잘것없는 지푸라기가 된 심
정이었다. 그런데 그 느낌이 꼭 싫지만은 않았고 심지어 보
호받는 기분까지 들었다. 큰돈을 가진 사람들이 식당을 나
가고 홀은 고요해졌다. 나는 곰 얼굴이 그려진 내 지갑에서
밥값인 만오천원을 꺼내 캐셔에게 내밀고 말했다. "난 당신
과 당신이 하는 일을 용서할 수 없어." 그리고 이번에는 진
짜로 문을 열고 거리로 나왔다. 거리는 황량했다. 눈앞에는
커다란 광장이 있었고 식당은 하나도 없었다. "이 세상에 식
당은 없어. 사람들은 죄다 집에서 밥을 지어 먹지. 그게 이
세상의 룰이라고." 나는 내 말을 믿으며 광장을 획획 가로
질러 집으로 갔다.

정글과 함정

간다
네가 나를 이곳으로 이끌었다
나는 평지 특화형 동물로
지형지물에 약하다 너로 인해
방향감각을 상실한다
태양이 곧바로 비추므로
쪄죽는 수가 있다
그러나 큰 나무와 풀 그리고 너로 인해
햇빛이 차단되어
내가 있는 곳은 서늘하다
그 서늘함으로 나는 살아갈 수 있다
살아간다는 말은 민망하다
살아 있다는 말은 과장이다
정글에서 나는 이동에 어려움을 겪고 있다
거기가 거기 같다는 게 징글의 이로움이다
"지금쯤이면 도착할 때가 되었다."
"도착할 때가 되었다."
나는 네가 하는 말의 끝부분을 반복한다
그것은 일종의 지형지물에 가깝지만
나는 해낸다
살아간다는 말보다 서늘하다는 말이 더 적절하다
나는 네가 하는 말을 '다' 받아 적는다
여기에서 '다'는 사랑의 노동적 측면이다

너는 보존 식량을 조금 꺼내 핥았고
정글의 물은 미지근하다
나는 막 눈을 뜬 참이었다

직전의 물병

　무슨 생각을 하며 식탁을 치우다가 물병이 바닥에 떨어져 깨졌다. 그것은 넘어질 때 내 손을 치며 손등에 상처를 내었다. 그런데 나를 치던 순간의 물병은 깨지기 이전 상태로 조각이나 모서리가 생기기 전이었는데 어떻게 내 손등을 벨 수 있었을까? 너무 순식간에 친 장난이라 아무도 모를 거라고 물병은 생각했는지도 모른다. 그게 아니라면 나는 시간으로부터 돌출된 존재가 되어 미래의 깨진 유릿조각에 긁히고 돌아온 것일까? 맞닿은 면이 힘겹게 떼어지는 느낌이었고, 그렇기에 다쳤구나, 흐르는 물에 손을 씻어야겠다, 소독을 하고 연고를 바르고 밴드를 붙여야겠다는 생각을 했다. 유리병은 와장창 깨지는 대신 열대 과일이 쩍하고 벌어지듯 깨졌다. 어디로 튀지도 않고 그 자리에 가만히 돌아났다. 그 점이 수상한 것이다. 나는 다친 손에 대일밴드를 붙인 뒤 비닐봉투에 유릿조각을 쓸어담았다. 피가 많이 나는구나. 나는 조금 달라졌구나. 유리를 담다가 피가 묻은 밴드를 떼어 손을 씻는다. 연고를 바르려는데 상처가 보이지 않는다. 눈을 씻고 찾아도 깨끗하다. 나와라, 나와라, 나와라, 상처여. 있던 네가 없어졌다면 그건 내가 시간을 또다시 잘못 살고 있다는 걸까? 그건 상처가 생기기 전으로 돌아갔거나 상처가 사라진 미래로 건너가버렸다는 것인데, 이로써 과거도 현재도 미래도 아닌 오리무중이라는 시간에 처박힌 거라면 나는 왠지 미소 지으리라. 그리고 어느 날 그릇을 닦다가 손등에 붉은 실이 있어 손을 갖다대니 실이 넓게 퍼져 상

처가 거기 있구나, 한다. 또다른 나의 모습이 번거롭다. 시
간이 주어졌는데도 피는 왜 마르지 않았을까. 이 모두를 종
합해볼 때 상처는 생기기 전부터 나를 보고 있었던 것이다.

몰로코후의 책

몰로코후가 언제부터 못을 뽑았는지는 알 수 없다
아주 오래전
나라를 잃은 몰로코후는 전세계로 흩어졌고
숲 가장자리를 따라 여행한 것으로 전해질 뿐이다
몰로코후는
못을 뽑는 존재로
그들은 헤아릴 수 없이 많은 못을 뽑아왔다
앙뚜안의 날개뼈에 박힌 못을 발견한 몰로코후들은
앙뚜안이 모래에 파묻혀 잘 때
몰래 다가가
작은 못을 비틀어 뽑았다
앙뚜안의 입장에서는
하나밖에 없는 못이기 때문에
꽤나 소중한 것이었지만
몰로코후가 못을 뽑는 건 그들의 타고난 본성일 뿐이다
몰로코후는 못을 뽑았다
그래서
모래 서점에는 커튼이 달리거나
액자가 걸릴 수 없었다
뿐더러
벽에 뭔가를 걸어 기념하는 일은
몰로코후를 몹시 화나게 했다

몰로코후는 하루에 열여섯 시간 자며
파도 일변도의 꿈을 꾼다
꿈에는 황무지의 바위도 나온다 한번은
총에 맞은 것처럼
벽장 문 전체에
무차별적으로 박혀 있는
수많은 못 앞에서
깨어나기도 했다

의자는 흔들린다
문은 완전히 닫히지 않고
창문은 활짝 열리지 않는다

나는 모래밭에서 기어나와
못 없이 벽에 걸린
정체불명의 양탄자 앞으로
다가간다

옆구리 극장

내가 이 이야기에서 주목한 부분은 호텔의 구조다. 객실
은 마주보고 있고 복도 끝에 공용 화장실이 있다. 이 호텔에
서 제일 중요한 곳은 극장이다.

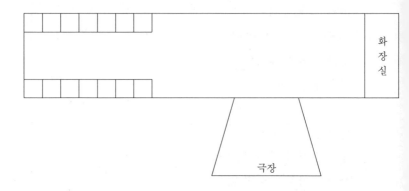

객실에서 나와 복도를 쭉 걸으면 화장실이 나오는데 그
사이에 극장이 있다. 벽의 일부가 허물어졌으며, 내려다보
면 스크린이 보인다. 누군가 벽을 헐어 극장을 발굴한 것처
럼. 좌석은 돌계단이고 쭉 내려가면 첫번째 열에 앉아 영화
를 시청할 수 있다.

객실과 화장실 사이에 텅 빈 복도가 있으며 화장실로 가
는 길에 누구든 극장으로 이탈할 수 있다.

극장은 공포영화만 상영한다. 나는 영화가 너무 무서워서

언제나 끝까지 보지 못하고 나왔다 들어가기를 반복한다. 사람들은 공포영화를 보러 내려갔다가 올라온다. 나는 '너무 무서워'라고 중얼거리며 극장에서 빠져나오는데 나오자마자 영화가 정말 재미있었다고 느끼며 복도를 두어 번 거닐다가 다시 내려가 영화를 본다. 이 일을 복도를 살아내면서 반복한다.

어느 날 나는 영화를 보다가 복도 끝에 있는 화장실에 갔는데, 살짝 열린 칸의 한쪽 벽에 피가 잔뜩 묻어 있는 것을 발견했다. 나는 문득 현실이 너무 무서워 극장으로 내려가 공포영화를 시청했다. 진짜 공포에서 가짜 공포로 도망가기. 가짜 공포에서 진짜 공포로 도망가기. 탈출하기 위해 극장으로 내려가면 극장은 삶과 똑같은 공포영화를 상영하고 있다. 하지만

이 호텔에서 복도를 오가는 방향은 삶의 방향이며 극장으로 내려가는 방향은 도망의 방향이라고 해석하는 것은 나의 섣부른 판단이다.

나는 객실로 들어가지 않고 혼자 영화를 본다. 영화가 너무 무서워 극장에서 나오니 복도에 친구가 서 있다. 나는 친구에게 펜과 종이를 달라고 한다. 하지만 나는 호텔에 펜과 일기장이 없다는 사실을 알고 있다. 그런데도 나는 계속 찾

는 척한다. 나는 일기장에 쓸 말이 있다. 삶의 옆구리에는 극장이 붙어 있어서 원하면 언제든지 극장을 드나들 수 있는데, 극장은 언제나 공포영화만을 상영하고 나는 이 사실이 무척 마음에 든다고. 나는 공포 이야기 안에서 더 내려가 공포영화를 본다. 이 모든 게 마치 공포 주머니 속 공포 주머니 속 공포 주머니처럼 포근한 것이다. 친구는 화장실과 정반대 방향으로 뛴다. 복도 끝에 처음 보는 창문이 나 있다. 창문 밖으로 위태로운 철제 계단이 있는데, 친구는 거기서 내게 손을 흔들었다. 나는 호텔에서 나갈 수 있다는 사실에 공포를 느끼며 반대편으로 달린다.

3부

시인의 말

"잘못 거셨어요."
제인은
이 말이 하고 싶어서
매일 밤
전화를 기다렸다
이불 속으로 기어들어간다

폭발음과 함께 남은 삶이 진행되었다

꿈을 꾸는 동안에도 나는 바깥의 나와 맞물린다

2023년 6월
올리비아 페레이라

데포르메

불은 그림자가 지지 않으므로 무심코 그림자를 그리지
않도록 조심해야 한다:

풀숲이 들썩인다
사람a는 불붙은 나뭇가지 하나를 들고 나온다

아직 잠들지 마
우리는 현실을 사냥해야 해

후각이 예민한 사람들

　도토리 마을에서 주문한 음식은 비닐봉지에 담겨 배달되었다. 애인은 가위로 봉지를 자르고 내용물을 꺼내 식탁에 부려놓았다. 빈대떡, 유자 샐러드, 도토리묵, 수제비, 공깃밥 두 공기.「무슨 냄새지?」애인은 빈대떡에 코를 대고 쿵쿵거린다.「여기서 나는데?」냄새는 봉지에서도 난다.「배달 기사가 향수를 뿌렸나?」애인은 창문을 열며 말했다. 애인은 모른다. 그것이 향수가 아니라 영혼이라는 것을. 만일 우리가 문제를 제기한다면 향수가 아니라 영혼을 문제삼아야 한다는 것을. 그러나 음식에 영혼을 뿌려놓은 것에 대해 어떤 방식으로 문제를 제기할 것인가. 그전에 나는 어떻게 나의 세계를 애인에게 납득시킬 것인가. 세계라는 말은 거창하다. 직업으로 줄여서 말해보자. 그러나 직업은 세계보다 개념이 크고 진정성 있다. 아니, 내가 하려던 말은⋯⋯ 나는 정부 산하기관 비밀정보국의 영혼 감식자다. 나는 초인적인 후각으로 여기까지 왔으며 향수와 인간의 영혼쯤은 쉽게 구별한다.「그거 향수 아니야. 영혼이야.」내가 말했다.「응?」애인이 웃으며 도토리묵을 젓가락으로 갈랐다.「너도 영혼을 알게 된 거야.」도토리묵은 젓가락으로 먹는 게 아니다. 숟가락으로 떠먹어도 어려운 게 도토리묵이다.「영혼 스프레이라는 것도 있어. 영혼이 없거나 영혼이 부족한 인간들이 몰래 사용하지.」「그거 뿌리면 뭐가 좋은데?」「무게가 덜 나가.」도토리묵이 젓가락 사이로 빠져나간다.「영혼이 부족한 인간들은 아침에 기체 분말로 된 영혼 스

프레이를 뿌려. 그래야 샤워를 할 힘이 생기거든. 머리맡
에 벗어둔 안경을 더듬어 찾아 쓰면서 하루를 시작하는 거
랑 비슷해.」「그래서?」 사태의 심각성을 모르는 애인은 그
저 장단을 맞추고 있다.「그런데,」 내가 말했다.「안경을 안
쓰고 싶을 때 있잖아? 안 보이는 대로 개기고 싶을 때가 있
잖아?」「응응.」 애인은 고개를 박고 음식을 먹는다.「나도
영혼 없이 개기고 싶을 때가 있거든. 그거 알아?」 애인은
젓가락질을 멈추고 나를 바라보았다.「음, 그럼 영혼이 아
주 닳으면 어떻게 될까요?」 애인이 성의를 보인다.「건강해
져.」 나는 답했다.「냄새도 안 나고.」 이야기는 성의다. 사
랑은 납득의 문제고. 애인은 젓가락질을 아주 잘한다. 도토
리묵도 젓가락으로 잘 집는다.「약해지고 힘이 빠진다며.」
「그게 좋은 거지.」 애인의 눈빛이 흔들렸다. 내가 이런 사
람을 좋아했었나, 하는 눈빛이랄까. 도토리묵은 매끈하며
힘이 없다. 나는 힘이 없다는 이유로 여기까지 왔다. 여기
까지 온다는 것은 성의의 문제다.「근데,」 나는 고개를 들
었다.「그거 배달부 냄새 아니야.」「그럼?」「네 냄새야.」 애
인은 자기 몸에 코를 박고 영혼의 냄새를 맡는다.「자기 냄
새를 맡기 시작하면 끝인 거야.」

나도 그렇게 생각한다.

친구의 탄생

—소영아, 놀자
나는 너를 부른다
—잠깐만, 요괴 데리고 나갈게
너는 그것과 함께 천장 들보에서 나타난다
요괴가 기어온다
요괴는 너에게 권위를 행사한다
너는 경련한다
요괴의 어깨 깃털에서 윤기가 흐른다
—네가 뭔데 같이 나와?
요괴는 일정한 거주지가 없고
피로에 젖었지만
잠을 단념한 지 오래다
마룻바닥을 기어다니며
액체를 흘리고 다닌다
—너는 너무 많은 시간과 마음을 요괴에게 쏟고 있어
—그러라고 요괴가 있는 거니까
—너는 온종일 요괴의 털을 빗겨주지 그런데 빗을 때마
다 털이 자라 곤란하잖아 너는 곤란해하느라 인생을 다 쓰
고 있어
—그러라고 요괴가 있는 거니까
요괴는 잠을 많이 자고
꿈에서 깰 때마다
자신이 눈길을 뚫고 왔다고

주장한다
요괴와 너는
요괴의 말을 믿는다
아니
요괴는 너와 함께
자신의 말을 믿는
연습을 한다
한때 나는 너에게 요괴가 없다면 네가 죽을 거라고 확신
했다

길 쓰는 사람들

땀이 찬 장화는 쉬고 싶다 그들은 그것이 힘겹게 도로를 가로지르는 장면을 촬영하고 있다 제작팀은 내용 유출을 막기 위해 행인들이 현장을 촬영하는 것을 제지하고 싶은데 아무도 안 온다 도로의 이름은 행운의 길로 게오르크는 친구를 만나러 가는 길에 행운의 길이 막혀 있으며 평소와 다른 용도로 사용되고 있는 모습을 목격한다 땀이 찬 장화가 모종의 기계장치와 보이지 않는 작은 바퀴에 의해 꾸역꾸역 전진하고 있는 희망의 길은 게오르크도 걸어가야 할 길이었다 게오르크가 친구에게 가는 길은 하나밖에 없어서 돌아가거나 촬영이 끝날 때까지 기다려야 했는데 돌아가는 길을 모르는 게오르크는 길 한쪽의 비틀린 종려나무 옆에 서 있다 땡볕에, 친구에게 줄 선물인 크림빵이 담긴 봉투의 끝을 말아쥐고 기다리는 일이란! 땀이 찬 장화가 길의 삼분의 일을 건널 즈음 뭔가 마음에 들지 않은 감독은 땀이 찬 장화를 원점으로 되돌리고 처음부터 다시 한다 전과 달리 기웃거리는 사람들이 생기자 스태프는 죄송하지만 다른 길을 이용해 달라, 돌아가달라, 이해해달라 부탁하지만 돌아갈 길이 남아나질 않은 탓에 행인들은 항의를 하거나 제작중인 영화를 본다 힘내라, 힘내라, 게오르크 또한 달리 할일이 없었기에 장화의 미래를 빌어준다 꼼지락거리며 비틀대며 쓰러질 듯이 걷는 미래를 말인가 그러던 중 한 행인이 길이 두 개거나 길이 세 개거나 길이 네 개인 곳이 아니라 길이 하나뿐인 곳에서 영화를 찍었어야 했느냐고 따진다 길은 하나뿐이고 이 길이 아니면 갈 수가 없게 생겨먹었다, 다른 길은 모른다, 말아쥔 신문지로 삿대질을 한다 땀이 찬 장화는 어느 지점에서 항복해야 영화가 고급이 될까 고심한다 장화가 고작 2미터 남짓한 폭의 길을 건너는 것을 자기 목숨처럼 여기는 사람들과 길이 하나뿐인 사람들이 있고 나도 집에 가고 싶어서 이들을 몰래 촬영한다 게오르크는 더 참을 수가 없어서 길을 가로질러 간다 그 모습을 촬영한 행인이 스태프에게 저지당하나 나는 그 모습까지 몰래 찍어 인터넷에 올린다 장화가 삐거덕거리며 좁은 길을 건너는 장면과 그 길을 가로질러 가버리는 사람의 뒷모습과 하루를 망쳐우는 사람을 영상에 담고, 삐져나온 크림 때문에 축축해진 봉투를 클로즈업 하는 것으로

내 작업을 마무리한다 외부적인 사
정으로 영화는 세상에 나오지 못하
였고 모든 것은 사라지게 되었는데
영화 관계자들과 행운의 길을 좋아
하거나 미워하거나 하여간 그 길밖
에 없는 사람들은 내가 촬영한 5분
짜리 영상을 한 편의 영화처럼 대
접하고 가
끔 남몰래
꺼내 들여
다 보 기 도
한다

제이슨

모래서점에서 자라는 실내목
나뭇잎에 들러붙은 딱정벌레 제이슨
나뭇잎을 튕겨도 떨어지지 않네
장기간의 외국 생활로 제이슨은 지쳐 있다
신은 친환경일까?

풍족한 삶

지말: 아저씨, 이 식물 이름이 뭐예요?

모래인간: 시다료바. 딱정벌레는 제이슨.

지말: 이름이 왜 그래요? 욕 같아요.

모래인간: 죽은 내 친구가 마지막으로 내게 남긴 식물이네.

지말: 아…… 죄송해요.

모래인간: 내가 키운 식물 중에 가장 오래 산 식물이지.

지말: 저는 식물을 죽이지 않을 자신이 없어요.

모래인간: 식물을 키운다는 건 안 죽이는 연습을 하는 거야.

지말: 아……

모래인간: 그리고 동시에 안 죽는 연습이기도 하지.

지말: 예……

모래인간: 친구와 나는 등산 메이트였어. 주말마다 높은

산을 올랐지.

지말: 건강한 취미네요, 약간 가학적이고······

모래인간 : 나는 친구가 내게 식물을 남긴 게 의아하다네. 나도 친구도 식물에 별 관심이 없었거든. 다행히 시다료바는 햇빛이 없어도 잘 자라. 어둠을 좋아하니까. 물도 많이 안 줘도 돼. 너무 많이 주면 우느라 뿌리가 썩어.

지말: 아저씨랑 잘 어울려요. 온종일 모래 속에 파묻혀 사시잖아요.

모래인간: 어둠으로 인해 식물은 삶이 풍족하다고 느낀단다.

지말: 꼭 식물인 것처럼 말씀하시네요.

모래인간: 사실 난 이 식물의 진짜 이름을 몰라.

지말: 시다료바라면서요.

모래인간: 마지막으로 친구의 병실에 찾아갔을 때 친구에게 말했어. 시다료바는 안 죽고 잘 살아 있다고. 친구는 시

다료바가 뭐냐고 묻더군. 자네가 준 식물이잖아, 나는 말했지. 친구는 의아해했어. 알고 보니 친구에게 식물의 이름을 물었을 때 친구가 기다려봐, 하고 말한 것을 내가 시다료바로 착각한 거였지. 그러니까 나는 식물에게 줄곧 기다려봐, 기다려봐, 기다려봐, 하고 백 번 천 번 말하며 놈에게 물을 주고 어둠을 주고 잎을 닦아주었던 걸세. 그게 어쩌면 내가 식물을 키운 이래 처음으로 식물이 죽지 않은 이유가 아닐까 하는 생각이 들어.

지말: (모래 서점의 창문을 열어 환기한다. 모래바람 때문에 바닥이 더 지저분해진다) 콜록콜록……

상자들

오늘의 관찰: 화단 앞에 놓인 알 수 없는 소포 꾸러미들

　화단에 떨구어진 소포 꾸러미를 지나칠 때 레레가 말했다. "아, 힘들다." 놀이동산 입장권에 구멍 뚫는 일을 하는 레레와 나는 아침 일찍 일어나 놀이동산에 간다. 우리가 하는 일은 비슷하지만 약간 다른데 정확히 어떻게 다른지 설명하기 어려운 방식으로 다르다. 그건 가로수들이 서로 비슷하지만 다른 것과 비슷한 느낌으로 다르고, 그 다름을 굳이 설명할 필요가 없기 때문에 점점 더 다르지 않게 되어버리는 종류의 다름이다. 학창시절에 레레와 나는 매일 편의점 아르바이트를 하러 갔다. "힘든 건 똑같은데 왜 그때는 힘들다고 말하지 않았더라." 놀이동산에서 돌아오는 길에 레레는 말했다. 화단 앞에 놓인 알 수 없는 소포 꾸러미는 매일 거기 있는데도 사람들은 별다른 반응을 보이지 않는다. "진짜 소포일지도 몰라." 레레가 그것에 관해 처음 언급했다. 그 옆에 있는 나무는 사실이 사실인 것처럼 그럴듯하다. 오늘은 레레가 그럴듯하고 그 옆에서 걷는 나도 그럴듯하다. 그럴듯하다는 건 뭘까. 너무 그럴듯해서 울음이 나오려 한다. "소포는 그냥 거기 있으면서 자신의 최장 생존 기간을 측정하고 있는 중이고 사람들은 그걸 존중하는 거야. 그걸 존중하지 않는 건 우리뿐이고." 레레가 말했다.

화상 연고의 법칙

당신은 고데기를 하다가 목에 작은 화상을 입었다 사람들은 화상 연고를 상비하지 않는다 한번 화상을 입은 사람은 당분간 화상 입을 일이 없을 거라 방심하는데 그것은 주사위를 던졌을 때 1이 나오면 당분간은 1이 나오지 않을 거라 믿는 무지와 종류가 같다 화상이 나은 이는 화상 연고를 누군가에게 빌려준다 하지만 그 사람은 머지않아 다시 화상을 입게 되며, 화상 연고를 빌려간 사람은 화상 연고를 돌려주는 법이 없는데 그 이유는 화상 연고를 빌려준 사이에 둘의 관계가 다른 이유로 틀어졌기 때문이다 화상 연고는 특성상 돌려주기도 애매하다 화상 자국은 언제 나았는지 모르는 사이 사라진다 그래서 약을 빌렸던 것을 까먹게 되고 화상을 입었던 사실조차 잊어버린다 설령 빌린 사실을 깨닫더라도 너무 많이 써서 이걸 돌려줘야 하나 싶은데다가 애당초 빌려준 게 아니라 그냥 준 게 아닐까? 싶고, 그 친구는 *아마 화상을 입지 않을 거야, 걘 예전에도 화상을 입었으니까*, 하고 어물쩍 넘어가게 된다 결국, 차일피일 미루다가 돌려줄 시기를 놓치고, 1년이 지나고, 2년이 지나고, 너무 오래 돌려주지 못한 게 마음에 걸려 친구를 슬슬 피하다가, 관계가 틀어지고, 9년이 지나고 10년이 지나서 그제야, *이제는 정말 돌려주어야 하지 않을까?* 하고 생각할 수도 있겠지만, 10년이 지나 돌려주는 건 안 돌려주는 것만 못하다는 결론에 이르게 된다 그러니까 세상에 화상 연고만큼 인간관계를 껄끄럽게 하는 물건도 없다 그런 당신은 오늘 목에 화상을 입었다 그런데 자연법칙인 것처럼, 화상은 꼭 주말에만 입어서 병원이나 약국에 갈 수 없고 당장 화상 연고가 필요한데, 당신은 화상 연고를 친구에게 빌려줘버렸고, 그 친구는 또다른 친구에게 빌려준 지 오래고, 그 친구의 친구 또한 화상이 다 나아서 화상 입은 다른 이에게 화상 연고를 빌려주었다는 식의 결론이 꼬리를 물고…… 결국 하나의 화상 연고는 돌고 돌아 지구를 한 바퀴 돌지만 주인에게는 돌아오지 않으며, 따라서, 온 인류가, 인류를 따돌리며 도망치는 화상 연고를 쫓아 술래잡기하는 형국인 것이다 그사이 화상 입은 자의 상처는 햇빛을 받아 색소침착이 일어나 어두워지고, 시기를 놓쳐 흉이 져버린다 요컨대, 화상을 입었을 때 제때 화상 연고를 바르는 이는 존재하지 않으며, 세상의 화상 연고는 모두 대출중이라는 것이 화상 연고의 교훈이다

잘린 손의 시

앙뚜안 씨발! 저거 손 아니야?

스트라인스 맞는 것 같다.

지말 모래밭에는 정말로 없는 게 없다!

모래인간 (어느새 모래를 털고 나온 모래인간은 샤
워 가운 주머니에서 잘린 손을 꺼낸다) 이
건 일종의 책이다.

스트라인스 (목소리를 낮추며) 조심해. 샤워 가운 입
고 있어……

모래인간 자네들 빼고 모두 샤워 가운을 입고 있다.
서점에서 그 정도는 기본이지.

둘러보니 모래 서점을 방문한 인간들
모두
샤워 가운을 입고 있다
언제

잠들어도
이상할 게
없을 것처럼

지말   아저씨, 그게 어떻게 책이에요?

모래인간   읽을 수 있으니까.

지말   어떻게요?

모래인간   잘린 손을 잡으면 주인의 일생을 읽을 수
있거든. 아차차…… 이 페이지는…… 손
의 주인이…… 샤워 커튼을 붙잡고 우는
장면이야……

앙뚜안   개소리.

스트라인스   손의 주인이 누군데요.

모래인간   그야 내 죽은 아내지. 난 아내의 손만 읽어.

스트라인스	(지팡이로 모래 바닥을 쑤셔본다) 여기도 하나 있네, 잘린 손.
앙뚜안	독서는 일종의 악수다, 뭐 이런 철학적인 얘긴가.
모래인간	나도 죽은 뒤에 모래 서점에 내 손을 기증할 걸세. 누구나 자신의 일부가 책이 되기를 바라지……
스트라인스	난 아닌데요.

모래인간	따라오게. 보여줄 게 있어.

셋은 순순히 샤워 가운 가이를 따라간다
서점 구석엔 우물이 있고
나선형 계단을 따라
내려갈 수 있다
우물 아래에
나무 한 그루

나무에 뭐가
붙어 있는데
인간이다
제대로 풀리지 않은 이러저러한 일
이라 불러도 좋고……
우물 바닥에는 동굴이 있어
올라가지 않고도
밖으로
나갈 수 있다
그 사실에 나는
실망한다
둘러보면
사방이 어둡다
이대로
끝나도
이상할 게
없을 것처럼

모래인간　　여기가 모래 서점의 지하다

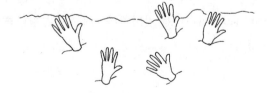

뒤돌아보니
삼총사는 모래인간을
따라오지 않았다
혼자
남겨진
모래인간
잘린 손들 사이로
비집고 들어가
자리를 잡고
호주머니에서
아내의 손을
꺼내 읽는다

『아내의 잘린 손』 87쪽.

  아람부루사발라는 자기 전에 엄마가 껴안아줄 때면 근심
에 싸이곤 했다 어떤 동화책에 따르면 포옹할 때마다 사람
의 몸과 영혼이 $0.001g$씩 줄어들기 때문이었다 따라서 아주
많은 포옹을 받은 사람은 어느 날 갑자기 영혼이 $0g$이 되어
감쪽같이 사라져버린다는 것이었다 아람부루사발라는 이를
덜덜 떨었다

『아내의 잘린 손』 972쪽.

　　무서운 뉴스를 봤다 이방에서 일어난 일로, 그 나라에서
는 연날리기 축제가 성대하게 개최된다고 한다 사람들이 넓
은 들판에서 거대한 연을 날렸는데, 지나가던 사람들이 연
줄에 목이 베여 다치거나 사망한 사고가 일어났다 큰 연을
날리기 위해 실에 쇠나 금을 발랐기 때문에 연은 사람의 목
을 벨 수 있었다 오늘처럼 하늘이 맑고 햇빛이 쏟아지던 날
이었다

『아내의 잘린 손』 13112쪽.

　　남편과 나는
　　새벽 티브이를 바라보는 일을
　　퍽 좋아한다
　　새벽 티브이는 꺼도
　　완벽하게 꺼지지 않는다
　　가까이서 보면
　　희미한 빛을 발하고 있다
　　새벽 거실 티브이를 보면
　　이상한 감정이
　　일곤 했다
　　꺼진 건가

아닌가
이게 다 꺼진 거구나
넌 완벽하게 눈을 감지
못하는 구조구나
눈을
조금 뜨고 자는
사람처럼
남편과 나는
감자튀김을
집어먹으며
되풀이하는 이야기가
있었네
부모가 우리를
잃어버렸던
이야기
한번은
나를 식료품점 맥주 칸에 놔두고
까맣게 잊었던 거야!
남편은 말했다
난 그게 맥주의 좋은 점
이라고 생각해
당신의 유머에는 아이러니가 있어
내가 말했다

난 맥주 코너가
꽤 안전하다고 느꼈어
그래서 울어야 한다는 사실도
잊어버렸지
남편의 부모는
일 년 뒤 교통사고로
세상을 떠났다
그럼 나의 부모는?
처음이자 마지막으로
아빠와 놀이동산에
간 적이 있다
퍼레이드를 보다가
너무 웃겨서
아빠 손을 잡았는데
다른 사람인 거야
(이 대목에서 남편은 매번 웃어줬다)
그런데 난 그 사람 손을
꽉 잡고
놓아주지 않았지
나는 그 여자에게 말했어
"아빠가 저를 잃어버렸어요"
뒷이야기는
기억이 잘 나지 않는다

사실 나는
누가 나를
잃어버릴 때
약간
기뻤던 것 같다
이런 얘기를 하면
왜
시간이 잘 가는지
우리는
새벽녘까지
떠들다
잠들었다

모래인간이 책을 덮자
삼총사가 왔다

앙뚜안   아저씨, 울어요? 모래 색깔이 진해졌어요.
스트라인스   위층 사람들이 그러는데 곧 태풍이 올 거
                래요.
지말   모래 서점을 쓸어버릴 규모라는데요!
앙뚜안   태풍의 좋은 점은 바다의 멸치떼를 기상시
                키는 거래.
스트라인스   무언가를 깨워서 다시 살게 하는 게 잘하

	는 짓일까?
지말	아저씨 울어.
스트라인스	샤워 가운으로는 부족한가보네.
모래인간	다 같이 올라가자꾸나. 지하에는 빛이 안
	들어서, 원.

우리는 덤프트럭을 몰고
도로를 달린다
죽음은 빈털터리 히치하이커
도로변에서 살랑살랑 손을 흔들고 있다
차문을 열어주면
죽음은 잽싸게 조수석에 타
안전벨트까지 맨다
"어디로 가슈?"
"당신이 가는 곳이 내가 가는 곳."
죽음은 자가용이 없어
우리의 생을 타고 간다
원하는 곳으로

—모래인간이 지하 벽에 남기다

모래밭에서 주운 의외의 책

책이 독자를 완강히 거부하고 있다 1페이지 다음 2페이지를, 2페이지 다음 3페이지를 읽는 것이 기만이라고, 책이 온몸으로 표현하고 있다 2페이지를 읽으면 1페이지를 까먹으며 14페이지를 읽자 13페이지가 사라진다 100페이지를 읽으면 99페이지를 잃어버리는 구조로 책이 쓰이고 있다 내일이 오면 어제를 잃으며 어제를 잃은 자는 엊그제를 상실한 자를 포함한다 책이 원하는 방식대로 책을 읽지 않으면 독자는 기억상실에 걸릴 것이며 기억상실에 대항하기 위해 우리는 다른 방식으로 책을 읽어야 한다

책이 시작한다

세상은 조용하다 왜냐하면 연필은 참새이고 우주는 편견이기 때문에 그러나 책은 인간적인 목소리로 말한다 나는 나에 관해 말하고 싶지 않습니다 하지만 무언가를 끊임없이 말해야 한다는 통증을 느낍니다

책은 하나의 사고실험만을 반복하고 있다 인간은 생각하는 갈대다, 라는 파스칼의 문장이 책의 가정이며, 반경 2미터 안에는 사람이 없었으면 좋겠습니다, 는 책의 유일한 결론이다 이것은 책의 자기 고백이자 기도이며 가정에서 결론이 도출되는 방식은 언제나 동일하다

그것은 다음의 과정을 따른다

1페이지가 2페이지를 노려보자 27페이지는 11페이지를 노려보고 65페이지는 87페이지를, 47페이지는 99페이지와 31페이지를 노려보았다 책이 존재하는 이유는 노려봄이라

는 동물이 1페이지에서 100페이지까지 운동하기 위해서였다 ⎯
  그러므로 책 속에 신발을 두고 간 자가 신발을 되찾으러
가는 일이 무의미한 이유와 책 안에 움직일 공간이 부족한
이유는 동일하다
  책이 거의 눈물을 흘렸다

계속 살기의 어려움

올리비아는 눈을 뜬다
바나나를 만나러 부엌으로 간다
바나나 걸이에 바나나를 걸면
바나나는
자신이 죽은 줄 몰라서 더 오래 산다는데
아침에 보니 바나나 두 분이 스스로 목을 맸다

계속 살기의 어려움

올리비아는
바나나의 반은 바나나 걸이에 걸어두고
반은 식탁에 두었는데
썩는 속도가 다르지 않았다
바나나는 자신이 썩어가는 걸 막지 못하면서
상상만 그렇게 한다
결과가 같더라도
올리비아는
바나나가 상상하는 쪽을 응원한다

초행길

—세상의 룰을 잘 이해하는 사람이

매콤하고 느끼한 투움바 파스타를 먹는데 화장실을 가고
싶은 것이다. 회색 벽에 걸린 열쇠로 보아 화장실은 외부에
있는 듯했다. 작은 금속 열쇠는 푸른 끈으로 나무 국자의 손
잡이에 묶여 있고, 손잡이에

사용 후 제자리에 두세요

라는 글귀가 마커로 삐뚤빼뚤 적혀 있다. 나는 이 식당에
서 있었던 다소 껄끄러운 사건으로 인해 캐셔에게 말을 걸
기가 꺼려졌다.

"화장실 어디예요?"

눈치 빠른 친구가 나 대신 물었다.

"잠깐만요."

캐셔는 이전의 나 같은 머저리와 음식값을 놓고 논쟁중이
다. 나는 이제 이 세상의 룰을 이해했으며 큰돈을 준비했다.
내가 달라졌음을 보여주기 위해 나는 이곳에 왔다. 캐셔는
이마의 땀을 닦으며 주방으로 갔고

가면서

입구 근처에 앉아 있는 사내에게 턱짓했다. 사내는 TV에서 본 예수와 행색이 비슷하였다. 어깨에서부터 흘러내리는 갈색 천, 허리에 두른 얇은 삼베 끈, 바람이 불지 않아도 흔들릴 것 같은 옷자락, 장발과 긴 수염, 자상하지만 비정한 눈, 그리고

구부러진 지팡이.

그는 우리 쪽으로 걸어왔다. 그러더니 내 쪽으로 등을 보이며 쭈그려앉았다. "어부바해드리겠습니다." 사내가 말했다. "뭐죠?" "화장실까지 업어다드리죠." "싫은데요?" "그럼, 어쩔 수 없죠. 이만." 나는 얼른

예수의 등에 업혔다.

돌아보니 친구는 가방에서 『촛불의 미학』을 꺼내 읽을 준비를 하고 있었다. "거기 열쇠 챙기시겠어요?" 나를 등에 업은 예수가 턱으로 열쇠를 가리켰고 나는 구부러진 못에 걸린 국자를 빼냈다. 식당 바깥에는 커다란 광장뿐이었고, 화장실이 있을 만한 곳은 없어 보였다. 예수는 광장을 가로

― 질러갔다. 그러더니 풀숲으로 들어갔고, 그다음은 강을, 그다음은 다리를 건넜다. "너무 멀리 온 거 같은데요." 예수는

끄떡없다. 잠깐

졸기도 했지만

나는

열쇠를 떨어뜨리지 않으려고 손에 꼭 쥐었다. "손님들이 실수로 열쇠를 집에 가져가니까 국자 같은 큰 물건에 열쇠를 묶어놓지요. 잃어버리고 싶어도 잃어버릴 수 없게." 나는 손에 꼭 쥔 채 멀리 가고 있다. 예수의 등은 스산하고 예수의 머릿결은 푸석하다. 친구는 잘 있을까.

친구는 촛불과 있으니까

괜찮을 것이다. 화장실은 너무 멀어서 길 곳곳에 쉴 수 있는 벤치가 마련되어 있었지만 예수는 앉지 않았다. 앉지 않기 때문에 예수인 것이기도 하고…… 우리는 좁은 언덕으로 올라간다. 언덕에 있는 집은 내부도 기울었을 것 같지만 평평하다. 그게 바로 이 세상이 가짜라는 증거다.

바다에서 불어오는 소금기 많은 바람이 벽을 낡게 만들고, 때문에 시간이 더 빨리 흐른 것처럼 보인다. 이곳에 살면 나는 내가 산 것보다 더 오래 산 사람처럼 보일 거야. 그럼 이득

아닌가.

칠이 벗겨진 사람이 되는 거지.

"다 왔소."

어느 벽 앞에서 예수는 말했고, 나를 태울 때와 같이 쭈그려앉아 내가 바닥으로 내려올 수 있도록 도왔다. 허름한 골목 벽에는 작은 나무문이 있었다. 나는 구멍에 열쇠를 꽂고 뒤를 돌아봤다. "다시 돌아가나요?" 물었지만, 예수는 호주머니에서 사과를 꺼내 베어먹더니 뒷걸음쳐 골목의 어둠으로 사라졌다. 골목의 밤은 비가 오지 않아도 축축하다. 그건 밤이 액체류이기 때문이다. 느끼하고 매콤한, 이도 저도 아님이 매력인 투움바 파스타. 면발은 불었을 것이다. 나는 음식값을 지불하지 않았고, 식당으로 돌아가는 길도 집으로 가는 길도 모른다.

일단, 너무 오래 참았던 오줌을 눈다.

4부

귤

　친구와 식당에 갔다. 우리는 볕바른 창가 자리에 앉았다. 친구가 갑자기 울음을 터뜨렸다. 친구는 그 사람을 사랑하게 되어버렸다고 했다. 내 옆에는 귤이 있었고 친구는 그걸 한 입 먹을 수 있느냐고 물었다. 안 된다고 하자 친구는 울었다. 친구는 어떠한 자극도 견뎌내지 못하는 사람이 된 것이다. 그래서 나는 친구를 껴안았다. 나는 누군가를 안아주는 것이 번거롭다. *그 사람이야!* 친구가 창가를 가리키며 소리쳤다. *낙타잖아.* 나는 솔직하게 말했다. *그게 너에게도 보인다고?* 친구의 눈빛이 싸늘해졌다. 그 사람이 내 눈에도 보인다는 사실이 억울한 모양이었다. 나는 그런 종류의 눈빛에 익숙하다. 뭔가를 빼앗긴 눈빛. 나는 이따금 죽고 싶다. 내 옆에는 귤이 있고 나는 며칠 전에 바다에 갔기 때문에. 바다에서 나는 참치 한 마리를 만났다. 참치에게는 섬세한 다리털이 있었는데 그걸 본 사람이 지구상에 나 하나뿐이라는 사실에 나는 화가 난다. 나는 자주 뭔가를 빼앗긴 느낌에 시달린다. 나는 이따금 죽고 싶다는 마음에 열광한다. 나는 말동무가 필요했을 뿐인데 창밖으로 낙타 한 마리가 지나간다. *나는 널 사랑하는데.* 나는 친구에게 고백했다. 귤은 여전히 내 옆에 있다. 나는 귤을 주지 않았다. 주지 않는 것을 보여주기 위해 귤을 그곳에 놔두었기 때문에. 나는 이제 두려움을 바라보는 바보가 된다.

횡단보도 앞에서

애인과 횡단보도 앞에 서 있었다. "나 방금 영감이 떠올랐어." 나는 도로변의 안경원을 보며 말했다. "뭔데?" 애인이 물었다. "세상의 모든 가방이 트렁크인 거야. 다른 형태는 없어. 지난번에 여기 서 있을 때, 저 안경원에 들어가던 사람 기억나? 안경원 밖에 여행 캐리어를 덩그러니 두고 들어갔던 거." "괜히 우리가 불안했잖아." 애인은 웃으며 화답했다. "방금 머릿속에서 쓴 시에서는 세상 사람들이 모두 트렁크를 끌고 다녀. 출퇴근길에도, 등산을 갈 때도, 수영장에 갈 때도, 강아지를 산책시킬 때도. 그 세계에는 주머니라는 개념이 없기 때문에 언제나 트렁크가 필요해." "오……" 신호등 불빛은 여전히 빨간색이었다. 우리는 언제나 여기서 헤어진다. 나는 애인을 안경원 앞까지 바래다주며 그가 횡단보도를 다 건널 때까지 손을 흔든다. 그곳은 헤어지는 곳이기 때문에 관찰할 거리가 많았고 그 덕에 나는 기괴한 시도 쓸 수 있었다. "아, 장례식장 갈 때도 트렁크를 들고 가야 돼. 검은색이어야 하고. 그건 기본이지." 신호등 불빛이 녹색불로 바뀌었다. "그런데 그런 세상을 왜 만드는 거야?" 애인이 물었다. "왜긴 왜야, 세상의 평화를 위해서지." 나는 녹색불로 바뀐 신호등을 가리켰다. 애인은 다음 데이트도 기대된다고 말하고는 꼬리 달린 동물처럼 횡단보도를 건너갔다. 오늘도 애인을 보내주었다.

절망적인 인간 그리기

  수업 1일차에는 사람의 얼굴을 그리는 기본적인 방법을
배운다 *전형적인 인간을 그려볼 겁니다* 난 전형적인 인간
이 두렵지만

  그림 학원이 좋다 인간의 기본에 대해 알려준다 턱끝에
서 헤어라인을 삼등분하면 아래로부터 코끝과 눈썹의 위치
를 찾을 수 있다 턱과 코의 삼분의 이 지점에는 입술이 놓
인다 이런 식으로 비율을 계산하면 눈코입이 놓일 자리를
알 수 있다

  눈과 눈썹 사이가 멀수록 아이처럼 보인다는 사실도

  적나라한 인간의 얼굴 그리느라 힘드셨죠?

  그럼 내가 아는 인간 이야기를 해볼까 그는 정말을 절망
으로 발음한다

  오늘 날씨가 정말 좋아요
              오늘 날씨가 절망 좋아요
  석류알이 정말 반짝이는군요
              석류알이 절망 반짝이는군요
  우사인 볼트는 정말 빨라요!
              우사인 볼트는 절망 빨라요!

파리의 에펠탑은 정말 높아요
        파리의 에펠탑은 절망 높아요
나는 정말 살고 싶어요
        나는 절망 살고 싶어요

이건 내가 아는 인간의 기본형이다

야간 시력

벽에 걸어둔 둥근 무소음 벽시계는 언제부터인가 분침 소리를 내기 시작한다 시계가 왜 갑자기
살기로 결심했는지 알 수 없다
올리비아는 사물의 그런 면이 두렵다
갑자기 살고 싶어하는 거
사람에게서도 종종 나타나는

(여기까지만 써도 되지 않았을까?) *

시간이 흐른다고 말하는 대신 시간이 감돈다고 말한다
시계 유리판의 미세한 기스가 시간을 더 사실적으로 만들었다 시간이 사실적이라는 건

바라며 살 게 더 남았다는 사실에 지쳐간다는 의미다

숫자판이 없는 시계가 두려웠다
네시인 줄 알고 지나갔는데 다섯시였어도 할말 없게 만드는
여섯시를 가리켜서야 지나간 게 분명해지는

끝나기 전에는 믿을 수 없게 만든다 그 헷갈림으로

시간은 흐르지 않고

시간은 감돌지 않고
시간은 기어서 간다
포복 자세로 들판을

시계는 침대맡으로 떨어질 수 있다 그렇다고 시간에게 차
맞았다고 생각하지는 않을 것이다
자살한 건 내가 아니라 시간이며

올리비아는 벽시계가 낮에 존재하는 걸 본 기억이 없다

* 옮긴이.

굽은 길의 이야기

여긴 비가 와

이런 시작은 어떤가

비가 오고
너는 부수적으로 살아간다

너는 비가 내리는 것에
회의적이다

우산을 안 쓰는 연습을 하다보면
비가 와도
온지 몰라
이 시는
시작할 줄 모르고
두려운 게 있거나
미워하는 사람이 있어서
시작을 연기하고 있다

이 시가
하고 싶은 이야기는
비 오는 날의 운전에 관한 것으로
이 이야기에서

너는
이상한 빵을 파는
포르투의 어느 빵 가게에 들어가지만
거기엔 비가 없고
비로 만든 빵만 있어서
그곳을 빠져나와
언덕을

오른다

언덕이 많으므로
전망대가 많으나

아무리 높이 올라가도 이상한 게 보일 것이다

전망에 회의적이므로

여기까지 쓰고

이 시를 처음부터 다시 읽으면
하루를 망칠 것 같아 눈물이 나려 한다

거긴 비가 많이 온다던데

한 달에 반이 비가 오고
천둥 번개도 친대
　내가 먹고살 일을 걱정하게 된 건
　큰 발전이다
　　비가
　　많이 오므로 너는
　　비를 잘 맞는 몇 가지 방법을 익히게 된다

가령,

광장과 달리 골목에서는 비를 덜 맞는 기분이 든다는 사
실 같은 거
골목에도 지붕이 없는 건 마찬가지지만 골목에는 광장에
없는 게 있다

내복 같은 거

이외에도 램프, 등뒤로 문 닫기, 무차별적으로 창틀에 앉
아 있기, 고여 있기 등은 골목이 우리에게 주는 것들이다

너는 여기까지 쓰고
비겁함에 놀란다
아직도 비 얘기를 하며 미루고 있다는 사실에

너는 절망하고
너는 떠올린다
이야기의 주인공은 비 오는 날 자동차를 끌고 골목으로
들어간다

길이 굽어 있다 굽은 길에서 당신이 해야 할 일은 첫째, 길
이 굽었다고 생각하지 않는 것이다 길은 멀리서 볼 때만 굽
어 있다 끝까지 보지 않고 코앞만 보면 길은 곧게 뻗어 있다
눈앞의 길을 졸졸졸 따라간다 따라해보세요 뭘요 졸졸졸졸
졸졸졸졸 잘했어요 다시 한번요 졸졸졸졸 졸졸졸졸

너는 연필을 놓고 생각한다
이 이야기에 비가 필요할까
비 오는 날의 운전이라는 제목은 어떤가?
여기 오기까지 삽으로 판 이 길들은 무슨 소용이 있는가?
너는 왜 여기까지 온 길을 전시하려 하는가?
답이 없다면
다 지나간 일이야
라고 생각하면 그만이고
그저
제목을 슬쩍 손보면 된다

설치 예술가 올리비아 페레이라 "매일 아침 눈을 뜰 때 기분이 좋지 않다"

인터뷰어 │ 제임스 헌
인터뷰이 │ 올리비아 페레이라

헌: 설치 프로젝트 〈냄비의 계절〉에서 원형 계단에 찌그러진 냄비 40개를 올려두었습니다. 계단이 도중에 끊겨서 냄비는 더이상 나아가지 못합니다. 키잔의 아트 스페이스에서 이루어진 전시 〈누움〉에서는 찌그러진 전봇대를 활용한 설치물을 선보이셨죠. 어떤 계기로 찌그러진 사물에 관심을 두게 되셨을까요?

페레이라: 찌그러짐에 관한 저의 입장은 단순합니다. 찌그러진 사물은 찌그러진 부위를 드러냅니다. 찌그러진 사물을 보며 우리는 사물이 원상태로 돌아가기를 바랍니다. 사물의 입장은 다를지도 모르죠. 찌그러지는 것은 사물의 오래된 소망이었을지도 모릅니다. 찌그러진다는 것은 오랫동안 지속해온 상태를 포기하는 것입니다. 우리는 말랑한 물체가 모종의 힘에 의해 변형되는 것을 보며 찌그러진다고 말하지 않습니다. 눌렸다고 말하죠. 눌린 사물은 시간이 흐르면 원상 복구됩니다. 그러나 찌그러진 사물은 돌아가지 않습니다. 그것은 돌아가기가 곤란해졌음을 나타내며, 찌그러진 사물은 귀가하지 않는 영혼을 갖게 되는 것입니다. 무언가 찌그러지는 모습을 목격할 때 나는 작은 현기증을 느낍니다. 현기증은 나의 영혼을 간지럽힙니다. 사람들은 영

혼을 기체와 같이 표현하곤 합니다. 영혼이 떠돈다, 몸 어딘 가에 개구멍이 뚫려 있어 영혼이 빠져나간다. 그것은 손으로 움켜쥘 수 없는 연기와 같고, 둥둥 떠다니는 것으로 묘사됩니다. 하지만 영혼이 기체라면 이렇게 자주 찌그러질 리 없습니다. 기체는 압축되거나 팽창할 뿐입니다. 따라서 영혼은 고체라는 결론이 도출되지요.

오랫동안 지속해온 상태를 포기하는 순간은 나에게 자유를 줍니다. 나는 거기에 어떤 인간적인 찌그러짐이 있다고 느낍니다.

야망 없는 청소

그는 청소기를 꺼냈다. 청소기는 살이 없고 뼈가 노출된 구조이므로 만질 때마다 미안해지는 구조다. 그는 코드를 꽂는다. 청소하는 대신

집을 강이나 욕탕에 담갔다가 거름망으로 건지면 어떨까. 그는 청소기를 돌렸다. 그는 자의식을 아꼈다. 청소기의 주둥이는 여러 가지 사물과 부딪혔다. 그는

깨끗함을 원한다. 한 장의 백지를. 그는 자의식을 아끼기 때문에. 아무것도 적히지 않은 백지는, 아무것도 적히지 않았으면서, 아니 아무것도 적히지 않았으므로 작은 공격성을 지닌다. 그는 아직 그 자신에게 생각되지 않았다. 청소기는

물건을 건드려야 했고 물건을 쳐야 했고 물건을 때려야 했다. 청소기는 부딪히는 모습을 보여주려 한다. 주둥이는 끊임없는 불일치를 경험하고 싶어하므로.

청소기는 자의식을 아꼈다. 집안일은 그를 소박하고 야망 없는 사람으로 만들지 못했으며 청소를 할수록 집은 본분을 잊었다. 그는 사물들을 흩뜨리는 자이다. 그는 사물과 부딪히는 자이다. 한 장의 백지와 같은 자신의 청소가 전투적이지만 공격적이지 않다는 사실을 보여주고 싶다. 청소기는

사람을 따라가기에 불합리한 구조이므로 끌 때마다 미안
해지는 구조다. 그는, 자신이 집에 관해 아는 것이 거의 없
는 이유에 관해 아는 바가 거의 없는 이유에 관한 생각을 관
두었다. 그는 자의식을 아끼고 있으며 방금 어떤 결심을 무
너뜨렸으므로.

　그는 평생을 소박하고 야망 없는 청소기와 함께했다. 청
소를 하자 모든 것이 불분명해졌다. 사물들의 위치가 조금
씩 바뀌었으나 집은 유지되었다. 그는 자의식을 아꼈다. 청
소를 끝냈으므로 그는 누군가에게 생각되었다.

비상 탈출시 망치로 유리를 깨십시오

지말   예전부터 궁금했어. 저 유리 속 망치를 꺼
                 내기 위한 망치는 어디에서 구해야 할까.

스트라인스   멍청아, 그냥 밀면 꺼낼 수 있다.

지말   아니, 난 저 유리도 또다른 망치로 깨야 한
                 다고 믿는다.

스트라인스   (고심한다)

열차 밖으로 새가 날아간다

발은 생략했다

날기 위해서

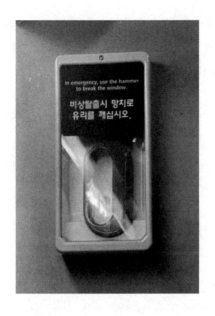

세상을 느리게 구하다

세일러 문이나 웨딩 피치, 천사 소녀 네티 같은 만화를 보면 주인공이 주문을 외우면서 변신하잖아? 그걸 뭐라고 하지? 각성? 일시적 진화?

이런 생각을 했어. 변신을 하려면 반드시 샤워를 해야 하는 거야. 샤워를 해야 각성이 일어나거든. 문제는 주인공이 샤워를 싫어한다는 거야. 나 같은 부류지. 난 샤워가 싫어서 수영도 안 배우거든.

주인공이 샤워한 횟수가 세상을 구한 횟수야.

하루에 0번 샤워 = 하루에 세상을 0번 구함
하루에 3번 샤워 = 하루에 세상을 3번 구함

그런데 아무도 끼릴(주인공이야)로 하여금 샤워를 하도록 아니, 세상을 구하라고 설득할 수 없어. 샤워를 존나 싫어하거든. 샤워할 때 기분이 좋지 않으니까. 이해해. 낮은 수압, 욕실 가득한 수증기, 미끄러운 바닥, 갑자기 나오는 찬물, 등드름. (끼릴은 머리를 감을 때 고개를 안 숙여. 귀신 나올까봐) 게다가 샤워하면서 변화도 겪잖아? 날개 돋음, 갈퀴 생성, 게다가 슈트로 환복까지…… 싫을 만도 해.

간만에 샤워하고 출근했는데(참고로 끼릴은 외벽 청소부

야) 세상이 위기에 처하면, 샤워를 두 번 해야 하는 거잖아?
벽에 매달려 있는데 어디 가서 샤워하라고. 그럴 때 끼릴은
인근 헬스장으로 달려가 1일권을 끊고, 헬스장 샤워실에서
물줄기를 맞으며 변신을 도모해.

세상을 구하는 게 번거로운 게 아니라 샤워를 하는 게 번
거로웠다.

언젠가 우리의 히어로는 말했어. 그런데 아무리 샤워가
싫어도 평생 샤워를 안 할 수는 없는 노릇이잖아? 그래서
끼릴은 마음을 고쳐먹었어. 그는 더이상 세상을 구하기 위
해 샤워하지 않아. 그는

샤워를 한 김에 세상을 구하지. 그렇다고 바뀐 건 없어. 다
만 이 이야기를 짓는 내 마음이 변했어.

모르는 게 있을 땐 공항에 가라

　수업을 듣고 있었는데 교장 선생님이 앞문으로 들어와, 우리 엄마가 아프다고 했다. 나는 조퇴를 하고 당장 엄마를 보러 가야 했다. 그래서 가방을 챙겨 공항으로 갈 채비를 했다. 왜냐하면 공항에는 인포메이션 데스크가 있고, 거기에 가면 엄마가 어디에 있는지 물을 수 있기 때문이었다. *세상의 모든 질문은 공항에 가서 하라.* 우리는 모르는 게 생겼을 때, 선생님에게 질문하는 대신 공항에 가라고 배웠다. 선생님은 공항 가는 길을 알려주는 사람이었고, 그것이 그들의 역할이었다. *모르는 것이 있으면 공항에 가라.* 선생님은 우리가 이 사실을 잊지 않도록 도와주셨다. 친구들은 내게 무슨 일이 일어났으며, 내가 공항에 가야 한다는 사실을 알았다. 안 좋은 일이 벌어진 것은 질문할 일이 많아졌다는 것과 같았고, 공항으로 가는 길은 멀고 험난했으며, 엄마가 아프면 어디로 가야 하는지는 오직 공항 인포메이션 데스크 직원만 알았다. 근 5년간 나는 모르는 게 없었다. 따라서 5년 만에 공항에 가보는 것이었다. 질문할 일이 생긴 아이들이 1년에 한두 명씩 학교를 떠나곤 했는데, 이번엔 내 차례였다. 너무 오랜만이라 초행길이나 다름없었다. 그렇다면 5년 전에는 무슨 일 때문에, 무엇을 물어보기 위해 공항에 갔던가. 그런 건 잘 기억나지 않는 법이다. 한번 아프고 난 뒤에는, 아프기 이전 삶은 마치 전생과 같이 느껴지는데 그건 행복한 일이 벌어질 때도 마찬가지였다. 그러나 내가 5년 전에 너무 행복해서 공항에 갔는지, 너무 불행해서 공

항에 갔는지 기억나지 않았고, 중요한 건 내가 질문을 하기
위해 공항에 간다는 사실이었으며, 질문 자체는 행복도 고
통도 아직은 아닌 상태로, 질문은 차라리 감정이 발견되기
이전 단계와 같았다. 나는 하얀 숲을 지나 공항으로 간다.
눈이 펑펑 내렸다. 뒤돌아보니 지나온 나의 발자국이 내 발
보다 컸다. 발자국도 자라는 걸까. 아니면, 누가 내 발자국
에 자신의 발자국을 덮으며 뒤따라오는 걸까. 내 뒤는 텅
비었다. 그러니 나를 따라오는 것이 있다면 그것은 빈 공간
이었는데 나는 빈 공간은 누구보다 발자국이 크다고 배웠
다. 그런데 너무 오래전 일이라 어디서 들었는지 기억나지
않았고 그저 눈만 펑펑 내릴 뿐이었다. 나는 걸었다. 가는
길이 정확하진 않았지만 10년이 넘도록 학교에서 배운 것
이 오로지 공항 가는 길이었으므로 배운 것을 잘 상기하기
만 하면 되었다. *모르는 게 생기면 공항에 가라.* 그것이 우
리가 배운 전부였고, 선생님이 그 이상을 가르치려 한다면
선을 넘는 일일 것이다. 나는 눈 내리는 하얀 숲을 지나 공
항으로 가고 있다. 아픈 엄마를 찾기 위해서. 그런데 가방
이 너무 무거워서 속도를 내기 어렵고, 오래전에도 엄마가
아팠던 적이 있기 때문에 나는 조급해졌다. 나는 훌쩍훌쩍
울기 시작한다. 그러나 걸었다. 머리카락이 자라도록. 저멀
리, 언젠가 한 번 와보았던, 그래서 익숙한, 그러나 너무 오
래전이어서 낯선 커다란 건물이 보였다. 냉담한 회색 건물.
사람들은 모두 어디론가 가고 있었다. 공항은 머무르는 사

람이 이상한 사람이 되는 곳이었다. 나는 무거운 가방을 메고 인포메이션 데스크로 향했다. 직원이 유리창 너머로 나를 응시했다. 나는 그녀에게 뭔가를 물었고, 그 질문은 나도 알아들을 수 없는 것이었는데 그녀는 알아들었으며, 그녀는 왼쪽 코너를 돌면 복도 끝에 청소 도구함이 나오니 거기서 쉬면 된다고 말했다. 내 질문을 잘못 알아들은 모양이었다. 그래서 나는 다시 물었다. 내가 공항에 온 이유는 아픈 엄마가 어디에 있는지 묻기 위해서라고. 그런데 내 입에서 흘러나온 질문은 영 다른 것이었다. *학교 가는 길을 알려주세요.* 그 질문을 던지자 나의 내면은 모든 임무를 마친 것처럼 평온해졌다. 그녀는 다시 미소 지었고, 자신이 질문을 잘못 알아들었으며 내가 쉴 방을 찾고 있는 줄 알았다고 했다. 그녀는 학교 가는 방법을 친절하게 알려주었다. 나는 고개를 끄덕이며 그녀의 설명을 새겨들었다. 그녀는 다시 미소 지었고, 언젠가 쉬고 싶다면 아까 말한, 복도 끝에 있는 청소 도구함을 이용해도 좋다고, 그곳에는 아무도 오지 않으며, 청소 도구를 사용하는 사람도 없다고, 알다시피 청소라는 건 과거의 유산과 같아서 요즘 시대에는 아무도 청소를 안 하지 않느냐며, 쉬고 싶다면 언제든 그 방을 쓰라고 내게 말했다. 나는 그녀에게 고마움을 표하고 공항을 떠났다. 나는 다시 하얀 숲 앞에 섰다. 눈이 내렸다. 세상을 재우듯이 눈이 내리고 있었다. 하늘에서 커다란 이불이 내려와 세상을 덮는 것처럼. 엄마는 어디에선가 아파하고 있

다. 나의 내면은 고요하다. 나의 불안은 조금씩 자라 나의 ⎯
선생님이 된다.

5부

지나가기

부족하다

길 한가운데 뭐가 있는데
어떻게든 피하고 싶었다
게오르크가 생각해낸 방법은
여기까지만 쓰는 거였다
벚나무는 묘하게 멀리 있다

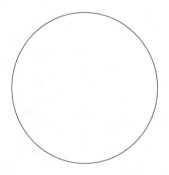

어제보다 좀더 갔다

다시 찾아가고픈 것이다
표범의 얼굴에 난 두 개의 검은 줄
빛을 흡수해
내리쬐는 날을 견딜 수 있다
눈을 감으면 사방이 깜깜하다
아무것도 보고 싶지 않아서 눈을 감지만
너는 눈꺼풀 뒤를 보고 있다
게오르크
어제보다 더 갔다
미래가 두려워서 오늘은 여기까지만 와본다

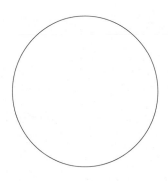

수염

지나가기를 소망했다
아이들이 옷장으로 들어가거나
이불 속으로 숨는 이유는
자신이 더이상 보이지 않는다는 사실에 희열을 느끼기 때
문이야
몸을 동그랗게 말고서
지나가는 나에 관한 지나가는 모든 말을
흘려듣는다
벚나무에게는 콧수염이 있다
벚나무는 그것을 게오르크에게만 보여주었다
콧수염 덕분에 벚나무는 어두운 곳을 더듬어 길을 찾아
갈 수 있다
벚나무가 미묘하게 살아 있다

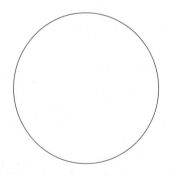

두려운 상황에 대한 탈감각적 반응

저기 공이 있는데
닿으면 죽어
저기까지 안 가는
시 쓰기 훈련중인
나

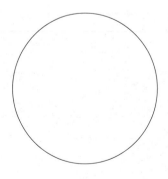

—　**걔도 마음이 있을 텐데**

아직도 거기 있는 거야

게오르크는 어제보다 멀리 가볼 요량으로 나뭇잎으로 감싼 찰밥과 물통을 챙겨 길 위에 선다

벚나무가 쓴 책을 읽는다

한 문장에서 오타를 발견했는데 다음 문장에서 또 틀린 걸 보고 실수가 아니라는 걸 알아챘다 한 번 실수하면 실수인데 두 번 실수하면 멋이니까 마음을 보여줄 때는 연달아 실수하라

길 위에서

벚나무를

한 번

만나는 건 실수이고

두 번 만나는 건 반복이고

세 번 만나면

벚나무가

밉다

찾아가는 데 어려움을 겪다

게오르크의 낙타가
사막을
걷는다
해가
너무
세
차라리
해를
정면으로
본다
등에
자신의
그림자가
생겨서
햇빛에
노출되는
피부의
표면적이
줄어든다

—

내가
나에게
어둠을
주어
타죽을
확률을
낮추었다
동그라미
너는
가슴이
깊어서
폐활량이
좋다
사막
한가운데
벚나무를
심는 건
너무했어

—

어딘가 맛이 간 이곳

안 가면 지나간 게 돼

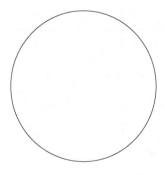

상처 극복 욕망

게오르크는 벚나무에게로 가고 싶다 무대 위로 오른다 낙타는 북아메리카에서 살다가 제 발로 사막으로 걸어들어갔다 사막에는 아무도 없기 때문에 그런데 그게 또 슬프다 낙타는 혼자 있기의 도사가 된 것처럼 보인다 친구들이 동그란 테이블에 둘러앉아 혼자가 된 낙타에 관해 얘기하고 있다 한 시간쯤 지났을까 말이 없던 한 친구가 바닥에 지갑을 내던졌다 바닥에 내쳐진 지갑으로 관심이 쏠렸고 친구는 바닥에 떨어진 지갑을 주워 그대로 식당을 나갔다 쟤 왜 저래? 그게 저 아이만의 가는 방법이야 안녕이라고 말하는 건 가슴이 아파서 그러는 거야 아니야 아무도 모르게 가고 싶어서 그러는 거야 바닥에 뭐가 떨어져 있으니까 그걸 이용해서 자연스럽게 사라진 거야 낙타가 떠나는 걸 우리가 어떻게 모를 수 있지?

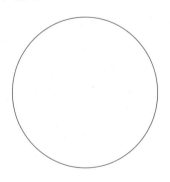

부족하기 지나가기

　왼쪽으로 가도 오른쪽으로 가도 뒤로 가도 앞으로 가도
만나게 되어 있다 언젠가 만나게 되어 있으므로 미래가 이
불 속으로 숨어들어가는 건 자신이 더이상 보이지 않는다
는 사실에 희열을 느끼기 때문이다 이곳이 아닌 곳에서 나
는 덜 비겁해질 것만 같다 게오르크는 희박한 환상을 보고
서 그것을 누구에게도 말하지 않고 홀로 간직하였기 때문
에 병을 앓고 있다 이제는 음산한 중절모를 쓴 벚나무와 헛
것들에 의해 포근히 싸여 있어야 친구 생각을 덜 할 것이다

　어떻게든 피하고 싶었다 나는 멀어진 친구를 다시 만나
게 되나요 미래가 모든 질문에 대충 대답한다 대충…… 그
건 좋은 일이다

　이 지우개는 주황색인데 연필 끝에 달려 있고 문지르면 종
이에 주황색 얼룩이 남는다 흑심과 가루가 섞여 번진다 이
런 걸 지운다라고 말하고 정말 제대로 지우고 있다고 믿어
보며 지워야 할 문장들을 주황색 지우개로 문질러 더 망치
고 얼룩을 남긴다 지우개의 입장에서는 이런 게 지우는 것
인지도 모르므로 가령 친구가 쓴 시집의 목차를 달달 외우

고 나서 친구의 시집을 펼쳤는데 읽는 동안 모두 잊는다 그런 것도 일종의 지우개가 하는 일이라고 생각한다면 나는 주황 지우개가 좋아지려 한다 벚나무를 마주칠까 두려워하는 동안 벚나무 또한 나를 만날까 구석에서 벌벌 떨고 있다는 사실을 전해듣는 꿈을 꾸었지만 그건 나의 소망일 뿐이기에 미래가 목초지처럼 넓게 펼쳐지고 내 눈에만 보이는 소들이 풀을 뜯어먹는다 그런 일은 벌어지지 않는다 어쩌면 죽을 때까지 멀어진 친구를 만날 수 없을 것이다 벚나무에게는 또다른 벚나무가 있고 그 옆에는 더 많은 벚나무가 서 있기에 그런데 나는 벚나무가 아니잖아라는 말은 비겁하고 소중하다 그 생각은 그만할 때도 되었다고 벚나무가 되어지질 않는 나에게 말하며 골목을 성큼성큼 걸어간다면 그것이 친구를 향한 나의 여정이라면 나는 골목으로 들어가 모든 걸 잊으려 한다 골목에는 하얀 꽃이 몇 송이밖에 달려 있지 않은 야윈 나무가 하나 있는데 꽃이 간당간당 매달려 있어 피려는 건지 떨어지려는 건지 좀체 의도를 알 수 없고 떨어지려는 마음과 피려는 마음이 다르지 않기에 그러는 것인지도 그게 벚나무인지 아닌지 벚나무를 보고도 알지 못할 거면서 벚나무 타령을 하는데 누가 나무를 희한하게 꾸며놨다 나팔을 불며 날아가는 흰 점토로 만든 하얀 천사 모형이 나무에 붙어 있고 붙어 있는 건지 날아가는 건지 빛이 정면으로 아기 천사를 비춘다 천사의 피부 매끈하지 않고 울퉁불퉁한 까닭에 어둡고 밝은 부분이 선명하다 햇볕의 고질적인

친절이 나타나는 방식 누군가 숨어서 묵은 피로를 풀고 있
다 허공에 떠 있는 천사는 발끝으로 서 있는 건 아니나 발끝
에 힘이 안 들어가는 것도 아니다 그도 나름의 방식으로 피
로를 풀고 있는 것일 텐데 어떻게 나무에 붙어 있나 하는 생
각이 천사의 뒤를 보게 한다 얇은 철사가 천사의 목을 한 번
두르고서 나뭇가지에 감겨 있다 나팔을 불며 날아가는 천사
는 목을 매달고 있던 것인데 날아가는 것이나 목을 매다는
것이나 붙어 있는 것이나 그리워하는 것이나 다르지 않거나
달라도 다를 게 없다는 게 친절함이다

　얇은 나뭇가지에는 파란색 비닐로 된 줄이 달려 있다
　그게 왜 거기 있는지 몰라도 되는 그 이유로 나를 몰라
도 된다
　어쩌면 다들 시간이 없어서 그러는지도 몰라

역자 후기

문보영(번역가)

1.

1926년 12월 어느 날, 영국의 추리소설가 애거사 크리스티는 가족들에게 드라이브를 하고 오겠다는 말을 남기고 실종되었다. 아내를 찾아나선 남편 아치볼드 크리스티는 근처 호수에서 그녀의 부서진 차를 발견했지만 애거사의 옷과 신분증만이 발견되었다. 유명한 소설가의 실종 사건은 언론에 대대적으로 보도되며 주목받았고, 수천 명의 경찰이 동원되어 전국적인 수색 작업이 이루어졌다. 1926년 12월 14일 실종 11일차, 애거사는 요크셔의 한 호텔에서 숨쉰 채 발견되었다. 그녀는 신원을 숨기고 호텔에 숙박하고 있었다(테레사 닐이라는 가명을 사용). 하지만 그녀는 남편의 얼굴을 알아보지 못했을뿐더러 자신이 어떻게 호텔에 묵게 되었는지, 그사이에 어떤 일이 있었는지 설명하지 못했다. 하물며 그녀는 자기 자신조차 알아보지 못했다.

이후 애거사 크리스티는 자신의 실종 사건에 대한 언급을 피했고, 이 사건에 관한 질문을 하지 않는 조건으로만 인터뷰를 수락했다. 해서 그녀의 실종 사건은 여전히 미스터리로 남아 있다.

누군가는 그녀가 남편에게 복수하기 위해 자작극을 벌였다고 추측했고(실종 당일 부부는 이혼에 관한 말다툼을 벌였다. 아치볼드는 그녀에게 연인과의 관계를 고백하며 이혼을 요구했다) 혹자는 그녀가 일시적인 기억상실을 겪었다고 생각했고 다른 누군가는 그녀가 배회증과 신경쇠약을 앓았다고 주장했다.

그리고 소수(나 같은 부류)는 그녀가 소설을 더 잘 쓰기 위해 실종을 감행했다고 추측한다. 실종의 느낌을 맛보기 위해서, 소설쓰기의 지루함을 타파하기 위해서, 소설을 조금 더 쉽게 쓰기 위해서.

어떻게?

사람들이 자신을 찾아내는 과정을 관찰해 그대로 소설로 쓰려고.

이 대목에서 "모든 시는 자작극이다"라는, 이 시집의 '시인의 말'이 떠오르는 건 우연이 아니다.*

2.

낮에는 놀이동산 입장권에 구멍을 뚫고 퇴근 후에는 낡은 작업실에서 맥주를 마시며 번역 작업을 한다.

방에는 갈색 회전 책장이 있다. 회전 책장의 고유한 기능은 책을 수납하는 것이 아니라 책을 돌게 하는 것이다. 책장은 책이 돌 수 있도록 도와야 한다. 책은 스스로 산책을 할 수 없기에 이렇게라도 바람을 쐬야 한다. 동시에 책장은 스

---

* 역자의 장난으로 추정된다. 이 시집의 '시인의 말'은 "들어가지 않은 방의 비결정성"이다, 옮긴이.

스로도 잘 돌아야 한다, 멋있고, 재빠르게. 얼마나 빠르고 부드럽게 돌 것인가.

하루치의 번역을 마친 뒤에는 퀴퀴한 매트리스에 누워 오래된 영화를 시청하다 잠든다. 사실 영화를 보는 대신 옥에 티를 찾는다. 영화 속의 실수를 찾다보면 어느새 나는 반쯤 잠들어 있다. 틀린 그림 찾기를 하듯 흘러가는 장면을 바라본다. 의도치 않게 화면에 잡힌 와이어, 배우가 서 있어야 할 곳을 표시한 마스킹 테이프, 붐 마이크, 카메라 장비 등. 그곳에 있으면 안 되는 물건이 그곳에 있을 때 나는 안심한다. 있으면 안 되는 물건이 뻔뻔하게 존재할 때의 반가움이란! 중세 서부극에 시스템 에어컨이나 스타벅스 커피가 나올 때, 사극에 청바지를 입은 행인이 등장할 때 나는 조그맣게 희열한다.

영화 제작에서 화면에 보이지 않아야 할 물건을 관리하는 것은 중요합니다. 다음은 그러한 물건의 예시입니다.

1. 붐 마이크
2. 카메라 장비
3. 스태프
4. 그린 스크린 또는 블루 스크린
5. 라이트

6. 우는 사람
7. 촬영 장비가 거울이나 창문에 반영되는 것
8. 영혼
9. 제작 차량
10. 도로표지판이나 전깃줄과 같은 원치 않는 배경 요소
11. 우는 사람의 친구
12. 오디오 장비 또는 케이블

이것들은 예시일 뿐이고, 목록은 특정 제작 및 촬영 유형에 따라 다릅니다. 목표는 화면에 완전하고 신뢰 가능한 세상의 꾸미기 장식을 만드는 것입니다.*

갈색 가죽 장정의 노트에 중요한 정보를 기입한다. '완전하고 신뢰 가능한 세상 꾸미기 장식 만들기'에 동그라미를 치고 번역 작업의 가이드라인으로 삼는다.

공존하면 안 되는 두 개의 사물은 평행 우주를 이룬다.

아귀가 맞지 않는 장면에 집중하다보면 대사도 들리지 않고 줄거리도 신경쓰지 않게 된다. 영화를 보며 영화를 보지 않을 수 있게 된다.

---

* chatGPT.

3.

대니얼 래드클리프는 영화 〈해리 포터〉 시리즈를 촬영하면서 이마에 번개 흉터를 총 오천팔백 번 그렸다. 그에게 영화는 오천팔백 번의 가짜 상처를 그리고 지우는 시간이었다고 해도 좋으리. 해리의 이마에 난 흉터는 방금 난 상처처럼 약간 촉촉하고 붉으며 때때로 가장자리가 부풀어오르기도 한다. 상처는 흉터가 되기를 거부하고 현재형으로 돌아온다. 십여 년이 지나도 말이다.

요컨대 해리 포터의 피부는 켈로이드성 피부인 셈.

일반적으로 상처는 염증, 새 조직 형성, 그리고 리모델링 단계를 거쳐 흉터가 된다. 흉터는 섬유아세포 등의 섬유 조직이 상처를 덮는 과정에서 생성되는데 보통은 상처가 회복되는 과정에서 섬유 조직이 일정한 방향으로 배열된다. 반면 켈로이드성 피부의 경우, 섬유 조직이 불규칙한 방향으로 배열될뿐더러 과도하게 생성되어 피부가 볼록 튀어나온다. 회복 과잉, 재생 과잉으로 피부가 부풀어오르는 것이다. 어디까지 회복되어야 하는지, 그 끝을 섬유 스스로 판단하지 못했기 때문에 벌어지는 일이리라.* 사실 내가 하려던 이야기는 시 「나는 나에게 간직된다」에 관한 것이었는데 하려던 이야기보다는 하던 이야기가 중요하기 때문에, 이야기를 이어가자면 영화 〈해리 포터와 마법사의 돌〉에는 내가 가장

---

* chatGPT.

아끼는 옥에 티가 나온다. 지하 감옥에서 탈주한 녹색 트롤이 일층 여자 화장실로 향하는 것을 본 해리와 론은 헤르미온느를 구하러 간다. 거대한 트롤을 마주한 그들은 화장실의 잔해를 던져 트롤을 자극하고, 트롤은 한 손으로 해리의 한쪽 다리를 낚아채 거꾸로 흔든다. 이때 해리의 앞머리가 뒤집어지고 이마가 드러나는데

번개 흉터가 온데간데없다.

분장팀의 실수?

그 순간 상처가 일시적으로 나았던 걸까?

세상이 거꾸로 뒤집히는 순간 상처가 잠시 도망갔거나 순간이동 했다고. 상처는 잠시 몸을 피했다.

상처의 은밀하고도 자발적인 실종이다.

4.
번역하는 동안 『모래비가 내리는 모래 서점』에서도 몇 가지 옥에 티를 발견할 수 있었다. 올리비아 페레이라가 편집자 랄프에게 가는 길에 마주친 당나귀의 눈은 푸른색이

지만 2부에서는 붉은색이다. 제인은 전화기가 발명되기 이전 시대를 산다. 그러나 3부에서 제인은 아이패드로 그림을 그린다(「친구의 탄생」). 스트라인스는 지팡이를 들고 다니며 사람들을 쿡쿡 찌른다. 그런데 동일한 시에서 지팡이는 빗자루로 바뀌고 다시 지팡이로 돌아온다(「굽은 길의 이야기」). 앙뚜안은 길음 사거리에 산다고 했는데 뉴욕 거주민이다(「캐셔」).

나는 『모래비가 내리는 모래 서점』에서 발견한 옥에 티를 정리해 에이전시를 통해 문보영에게 알려주었다.

"오! 알려줘서 고마워요. 마음에 꼭 드는 옥에 티군요! 그럼 이만."

나의 편지는 문보영에게 가닿기까지 다른 언어로 세 차례 번역되었고, 문보영의 답변 역시 내게 돌아오기까지 세 번 번역되었다.

그는 시를 고치지 않았다. 그가 생각하는 시쓰기는 옥에 티를 생산하는 일이기 때문일까. 음, 말이 안 되는 세상을 만들어놓고 평행 우주라고 퉁치는 건 아닐까? 시인들은 어물쩍 넘어가기의 고수다.

5.

회전 책장에 세워둔 위스키를 아끼는 유리 술잔에 따르고, 랩으로 감싼 슈톨렌을 꺼낸다. 슈톨렌은 줄어드는 맛으로 먹는다. 반으로 가른 뒤, 분리된 두 덩이를 밀착해 보관하면 절단면이 마르는 것을 방지할 수 있다. 먹을 때마다 랩을 벗겨 끝부분을 자르고, 절단면을 맞댄 뒤 랩으로 돌돌 감싼다. 기다리는 것이 있을 때 나는 슈톨렌을 먹는다.

『모래비가 내리는 모래 서점』에 언급된 브라질 작가 올리비아 페레이라의 시는 문보영이 번역한 것이다. 올리비아 페레이라는 문보영이 지어낸 인물이므로 올리비아의 시도 문보영이 쓴 것이라고 할 수 있지만 엄밀히 말하면 가상의 인물 올리비아 페레이라가 쓴 것이다. 이 시집에 실린 올리비아 페레이라의 시는 올리비아 페레이라가 포르투갈어로 (혹은 옴니크어로 혹은 키릴어로 혹은 스페인어나 일본어로) 쓴 시를 문보영이 한국어로 번역한 뒤 그 시를 내가 재번역한 것이다. 번역한 것을 번역한 것을 번역하면 원본으로부터 멀어지는가 가까워지는가 슬퍼지는가 아늑해지는가 치사해지는가 혹은

딸꾹질을 하게 되는가?*

---

* 나는 문보영의『모래비가 내리는 모래 서점』을 번역한 옮긴이의

어떤 글을 다른 언어로 번역하는 일과 글을 퇴고하는 일이
테이프 클리너로 스웨터의 먼지를 떼는 일과 유사하다면,
먼지를 떼지 않고 놔두는 것도 한 방법일 것이다.

번역을 당하는 동안 글은 긴 휴식기를 통과한다. 밀대로
슈톨렌 반죽을 넓게 펼친다.

6.
오늘의 번역 일지

불어로 말하고 몽골어로 으꼈습니다.
중국어로 쓰고 영어로 으꼈습니다.
한국어로 말하고 옴니크어로 으꼈습니다.

7.
『모래비가 내리는 모래 서점』의 구조는 선명하다. 시인 삼
총사는 모래비가 내리는 모래 서점에 우연히 입장한다. 모
래 서점은 서점이지만 책장이 없고, 책은 모래에 파묻혀 있

말을 번역한 2차 번역가이다.

다. 모래 서점에 입장하는 이들은 그 순간부터 모래에 파묻힌다.

삼총사가 모래 서점으로 흘러들어가게 된 전후 맥락은 시집에서 누락되었으나, 시인이 문예지에 발표한 작품에서 그 맥락을 얼마간 유추할 수 있다. 우리는 사라진(혹은 시인이 고의로 시집에서 뺀) 시편을 통해 모래 서점에 관한 단서를 찾을 수 있다.*

모래 서점 시리즈의 초기 설정은 '앙뚜안의 시집 찾기 여정'이었다. 삼총사는 외국어로 번역된 앙뚜안의 시집을 찾으러 여행을 떠난다. 하지만 어디에서도 그의 시집을 발견하지 못한다.
여정을 따라가보면 다음과 같다.

---

* 이후의 내용은 발표작을 참고했다.
작품 발표 지면
「가오픈 상태」, 『시와 하늘』 2019년 가을호.
「모래흙」, 『빛공간』 2020년 여름호.
「평생을 퐁생이라고 적으면 인생이 덜 두렵다」, 『바람의 시』 2022년 8월호.
「옮긴이의 말에 대처하는 법」, 『시시詩詩각각』 2022년 겨울호.
「투야 나무와 들판 너머」, 『개인은 없다』 2023년 상반기호.

1) 기내에서 시집을 찾다가 길을 잃는다.

2) 달력을 찢어서 나눠주는 빵집에 들어가 시집을 찾다가 길을 잃는다.

3) 기념탑을 방문했지만 앙뚜안의 시집을 찾지 못한다.

4) 그냥 걸어도 길을 잃는다. 뿔뿔이 흩어지지만

5) 길을 제대로 잃었기 때문에 다시 만나게 된다. 어느 해변에서

6) 허름한 건물로 들어갔는데 모래 서점이다.

7) 모래 서점에서 길을 잃는다. 그들이 모래 서점에서 잃는 것은 길만이 아니다.

8) 모래 서점에는 앙뚜안의 시집이 없다.

9) 모래 서점에 없는 건 앙뚜안의 시집만이 아니다.

10) 모래폭풍이 온다는 소문이 들려온다.

11) 삼총사는 모래 서점의 지하 창고에서 출구를 발견하고, 모래 서점을 탈출한다.

그는 시집에 수록하지 않은 시들을 영영 지워버리고 싶었을지도 모른다.

기타 여정은 모두 삭제되고 모래 서점에 관한 시만 남았다. 모래 서점에서 시작해서 모래 서점으로 끝나는 구도로 압축되었다.

"시를 쓸 때, 달리기 전의 준비과정을 보여줄 필요는 없어. 달리는 모습으로 시작해서 달리다가 문득 끝내버려." 그의 친구는 말했다.

지워진 시들은 모래 서점으로 들어가기 위한 준비운동으로서의 시였을까? 일명 워밍업 시. 모래 서점 시리즈를 완성한 이후에는 더이상 필요가 없어진, 거치대이자 발판이었던 시들.

시집을 묶으면서 날아갔다는 점에서 이 시들을 휘발 시라고 불러도 될까.

육상선수들이 출발선 앞에서 운동화 끈을 매는 장면만 모아 영화로 만들면 어떨까.

운동화 끈을 매다가 발포 소리를 듣고도 뛰어나가지 못했던 거야. 그런데 제때 출발하지 못한 김에 쭈그려앉아 운동화 끈을 매고 있자니 마음이 편해졌다고. 운동화 끈을 풀고 다시 매는 동안 다른 선수들이 지나쳐가는데, 자신은 가만히 멈추어 있고, 영원히 출발하지 않는 그 세계가 너무 좋았던 거야.

8.

종일 구멍을 뚫는다. 한 아이가 놀이 기구를 영원히 탈 수 있도록 몰래 구멍을 뚫지 않는다. 놀이동산 방문객이 나의 유일한 인간관계이기에 그것만은 지키고 싶었다.

낡은 작업실로 가서 매트리스 위에 쓰러져 자버린다.

9.

며칠 전 우연히 한 롤러코스터에 대해 알게 되었다. 리투아니아 출신 엔지니어가 디자인한 롤러코스터로 최대 높이는 510m. 롤러코스터는 정점에서 단 한 번 멈춘다. 그리고 묻는다. "계속 갈 건가요?" 동의할 경우 빨간 버튼을 누르면 되는데 한 명이라도 버튼을 누르지 않으면 롤러코스터는 원점으로 돌아간다. 모두가 동의하면 롤러코스터는 시속 360km로 하강한다. 그리고 7개의 루프를 통과하는데, 탑승자들은 10G의 중력가속도를 60초 동안 체험하게 되며 혈액이 팔과 다리 쪽으로 쏠려 뇌에 피가 공급되지 않아 시력을 잃고 결국 죽음에 이른다.[*]

죽기 위해 타는 롤러코스터. 마지막 순간을 즐겁게 보내

---

[*] https://www.youtube.com/shorts/h5pDzGUJDFk 참고.

기 위해서 설계되었다고 한다.

실제로 건설된 적은 없고, 위의 정보 역시 거짓이라는데 무엇이 사실인지는 명확하지 않다. 중요한 건 놀이동산 입장권에 구멍을 뚫고 있노라면, 놀이 기구를 타러 간 아이들이 마지막으로 그것을 타러 가는 듯한 인상을 받는다는 것이다. 한번 지나간 사람은 영영 지나가고, 돌아오지 않는다. 아이들의 입장권에 구멍을 뚫지 않는다. 그러면 그들은 놀이 기구를 한번 더 탈 수 있다. 그들이 돌아와 입장권을 다시 내밀 때, 저 사람은 아직 죽지 않았구나, 나는 안심할 수 있다.

10.

나는 에이전시를 통해 문보영이 『모래비가 내리는 모래서점』을 집필하는 동안 사용한 시작 노트를 전달받았고 그 노트의 일부를 번역·가공하여 내 노트에 옮겨두었다. 하지만 그의 시와 시작 노트 사이의 연관성을 찾을 수 없었다.

문보영의 시작 노트*에는 다음과 같은 문장들이 있다.

---

* 총 세 권으로 파랑색, 초록색, 노란색이 있다.

기획하며 지냅니다. (결미)

소원은 방치를 원한다. (결미)

디너파티에 초대합니다. (결미)

나는 어디선가 초능력을 발휘하게 된다. (결미)

그는 그 지역 사람이 아니에요. (결미)

너구리 그분의 마음은 고려했나요? (결미)

그는 시의 마지막에 놓이면 좋을 만한 문장에 (결미)라는 표시를 하는 버릇이 있는 듯하다. 하지만 정작 그 문장이 시의 결미로 쓰인 적은 없다.

예감은 어디에서 올까? 시작하지도 않았는데 어디서 끝내야 할지 알 것 같은 느낌은.

"시의 결미는 만회야"라던 올리비아 페레이라의 말을 참고하면, 그는 한 번도 만회에 성공한 적이 없으며 그 사실이 소중하다.

11.

시집의 전체 결말은 아직 모른다. 문보영이 아직 이 시집의 마지막 시를 쓰지 않았기 때문에. 시집과 번역 시집이 동시에 출간되는 무리한 일정으로, 나는 그가 시를 쓰는 대로 원고를 받고 있고, 완성되지 않은 시집을 번역하는 동시에 번역 후기를 틈틈이 썼음을 밝힌다.

동시에 놀이동산 입장권에 구멍 뚫는 일을 병행하고 있다.

12.

이 시집의 마지막 시를 기다리며, 그가 시작 노트에 남긴 짧은 메모를 옮긴다.

며칠 전 친구와 횡단보도에 서서 달리는 차량들을 바라보았다.

눈이 내려서 포근했다. 포근해서 눈이 감겼다. 눈이 감겨서 영원히 감기에 걸리지 않을 것만 같았다.

건너편 수은등 주위로, 내리는 눈발이 선명히 보였다.

'네 시에도 수은등이 나오지. 그런데 수은등이 뭐야?'

'예전에는 수은등을 썼대. 그런데 아마 저 가로등도 수은등일 거야.'

'아, 그렇구나.'

'누가 내 시를 읽고 요즘엔 가로등에 수은등을 안 쓴다고 말하더라고.'

'그래?'

'응. 신경은 안 썼어. 오히려 흥미로웠어.'

'예전에 나도 바나나 걸이에 걸어둔 바나나는 자기가 죽은 지 몰라서 오래 산다는 내용을 쓴 적이 있는데, 누가 그거 보고 유사 과학 퍼뜨리지 말랬

151

어…… 심지어 바나나는 하늘을 향해 자란다며. 찾아보니 그 사람 말이 맞더라고.'

'유사 과학!'

'응, 근데 시는 원래 유사 과학이 아닌가……'

'도시 전설이라고 하면 좀 나을까?'

'도시 전설?'

'도시 전설은 유령 나오는 이야기 아니야?'

'그런가.'

'뭐, 어쨌든 유사 과학보다는 도시 전설이 더 멋진데?'

'우리는 도시 전설 확산자들이야.'

친구는 빨간 버스를 타고 갔다. 나는 유사 과학도 좋고 도시 전설도 좋다.

친구를 보내고 횡단보도를 건너는데 두꺼운 패딩에 파묻힌 한 아저씨가 무단 횡단을 하고 있었다. 휘적휘적 길을 건너며 그는 소리를 질렀다.

눈이 온다!

눈이 온다

고!

눈이

온.

다.

아.

고

!
나는 그가 너무 기쁜 건지 화가 난 건지 헷갈렸는데
그 헷갈림이 나를 기분좋게 했다.
나는 이따금
헷갈릴 수 없는 것들이
헷갈리는데
헷갈림이라는 길을 따라
여기까지 온 것인지도 모른다

낡은 작업실에서

문보영

문보영 2016년 중앙신인문학상으로 등단했다. 시집으로 『책기둥』『배틀그라운드』가 있다. 김수영문학상을 수상했다.

문학동네시인선 197
모래비가 내리는 모래 서점
ⓒ 문보영 2023

1판 1쇄 2023년 6월 30일
1판 3쇄 2023년 8월 2일

지은이 | 문보영
책임편집 | 이재현 편집 | 강윤정
디자인 | 수류산방(樹流山房)
본문 디자인 | 유현아
저작권 | 박지영 형소진 최은진 서연주 오서영
마케팅 | 정민호 한민아 이민경 안남영 김수현 왕지경 황승현 김혜원 김하연
브랜딩 | 함유지 함근아 고보미 박민재 김희숙 정승민 배진성
제작 | 강신은 김동욱 이순호
제작처 | 영신사

펴낸곳 | (주)문학동네
펴낸이 | 김소영
출판등록 | 1993년 10월 22일 제2003-000045호
주소 | 10881 경기도 파주시 회동길 210
전자우편 | editor@munhak.com
대표전화 | 031) 955-8888 팩스 | 031) 955-8855
문의전화 | 031) 955-3576(마케팅), 031) 955-1920(편집)
문학동네카페 | http://cafe.naver.com/mhdn
인스타그램 | @munhakdongne 트위터 | @munhakdongne
북클럽문학동네 | http://bookclubmunhak.com

ISBN 978-89-546-9385-1 03810

문학동네